FIONA BLUM

LIEBE AUF DREI PFOTEN

FIONA BLUM

LIEBE AUF DREI PFOTEN

ROMAN

PAGE & TURNER

Dieses Buch ist auch als E-Book erhältlich.

MIX
Papier aus verantwortungsvollen Quellen
FSC® C014889

Verlagsgruppe Random House FSC® N001967
Das FSC®-zertifizierte Papier *EOS* für dieses Buch
liefert Salzer, St. Pölten.

Page & Turner Bücher erscheinen im
Wilhelm Goldmann Verlag, München,
einem Unternehmen der Verlagsgruppe
Random House GmbH.

1. Auflage

Redaktion: Ilse Wagner
Gestaltung des Umschlags: UNO Werbeagentur, München
Umschlagfoto: © FinePic®, München
Gesetzt aus der Janson-Antiqua
Druck und Einband: Friedrich Pustet, Regensburg
Printed in Germany
ISBN: 978-3-442-20447-2
www.pageundturner-verlag.de

Besuchen Sie den Page & Turner Verlag im Netz

»Lachhaft zu sagen,
jenseits des Himmels sei nichts …«

Giordano Bruno

EINS

Federica lag auf dem Balkon und wartete. Sie wartete, obwohl sie sehr gut wusste, dass es umsonst war: Es würde kein Luftzug wehen, nicht einmal der Hauch eines Luftzugs. Die drei staubigen Palmen in der Mitte des Hinterhofs standen matt und vollkommen reglos in der unbewegten Luft. Obwohl es schon halb eins war, zeigte das Thermometer noch immer unglaubliche 34 Grad Celsius. *La grand' afa*, die von Marokko kommende, lähmende Schwüle dieses Sommers lag schon seit Tagen wie ein heißes Tuch auf der Stadt und nahm den Menschen die Luft zum Atmen. Und das war erst der Anfang. Die alljährliche Sommerhitze, in der der Herzschlag zum Stillstand kommt, sich das Gehirn anfühlt wie gekochte Calamari und die Glieder schwer wie Blei werden, dauerte immer ziemlich genau drei Monate: von Juni bis Ende August, wo dann meist *La burrasca di fin'estate*, ein großes Unwetter, offiziell den Sommer beendete.

Doch der Juni hatte gerade erst begonnen.

Unter ihr klapperte das Gebläse der altersschwachen Klimaanlage von *Il Piccio*, der Trattoria von Pasquale Balducci, der sich, ebenfalls wie jedes Jahr, störrisch und zornig, so als sei die Hitze eine an ihn persönlich gerichtete

Beleidigung, geweigert hatte, seine Trattoria wenigstens für ein verlängertes Wochenende zu schließen und mit seiner schwitzenden Familie zu Verwandten in die Berge zu fahren.

Doch nicht nur die Balduccis, auch die meisten anderen Bewohner des Viertels blieben den Sommer über in der Stadt und würden wohl höchstens zu Ferragosto ein, zwei Tage nach Ostia fahren.

Hier im Testaccio, dem alten, vergessenen Viertel rund um den ehemaligen Schlachthof von Rom, war das Geld knapp, und kaum einer konnte es sich leisten zu verreisen. Das Testaccio rühmte sich damit, dasjenige historische Viertel zu sein, das in jeder Hinsicht am weitesten vom heiligen Zentrum der Stadt entfernt lag. Passenderweise verfügte es auch über einen Bastard in seiner Mitte, den illegitimen »achten« Hügel der Stadt, den Monte Testaccio, der nichts anderes als ein antiker Scherbenhaufen war, ein kahler Hügel, entstanden aus den Überresten zu Bruch gegangener Amphoren des alten Roms. Zur Besichtigung gab der Hügel nichts her, und malerische Gassen suchte man rund um den alten Schlachthof mit seinen rechtwinklig angelegten Straßen auch vergeblich, und so hatte das Viertel nie den Kultstatus seiner pittoresken Schwester Trastevere jenseits des Tibers erreicht. Es gab hier keine Sightseeing-Busse, keine Schneekugeln mit Petersdom und kein *menu turistico.* Stattdessen eine Pyramide voll streunender Katzen und viele Verrückte, Einsame und Gestrandete.

Und jene schmale Straße, die den hochtrabenden Namen Via del Arcangelo trug. Versteckt zwischen alten Häusern, von denen der Putz vergangener Jahrzehnte blätterte, folgte sie im Verborgenen der Biegung des Tibers von der Ponte Sublicio bis zur Ponte Testaccio. Dort, in einem ehemals terrakottarot gestrichenen Haus mit einem kiesbedeckten Innenhof, lag Federica Mazzanti in der schwülen Hitze der Juninacht auf dem Balkon ihrer Dachgeschosswohnung und wartete auf den Schlaf, der nicht kommen wollte.

Sie war keine Römerin von Geburt an, sondern stammte aus einem kleinen Dorf südöstlich der Stadt, wobei jeder, der sie zum ersten Mal sah, geneigt war zu glauben, dass das nur die halbe Wahrheit war. Eine so hellhäutige, zarte junge Frau konnte einfach nicht aus einem Bauerndorf in den Bergen des Latiums stammen. Sie musste angeflogen sein, vom Wind zufällig dorthin geweht wie die Schirmsamen des Löwenzahns, die kilometerweit getragen werden, bevor sie schließlich zu Boden sinken und Wurzeln schlagen. Und vielleicht war das auch so. Denn ihre ganze Familie, ihre Mutter Maria, eine kurzbeinige, energische Person, Salvatore, ihr Vater, überzeugter Kommunist und ehemaliger Postbeamter mit sardischen Vorfahren, und ihre drei Brüder waren allesamt schwarzhaarig und stämmig, mit Augen dunkel wie Olivenkerne. Federicas Augen dagegen hatten die Farbe des Tibers, manchmal waren sie schwermütig grau und abweisend, meist aber, vor allem im Licht der Sonne, schimmerten sie hellgrün, mit goldenen Sprenkeln. Solche Augen waren ein unerhörtes Ereignis in einem Dorf in den Bergen südlich von Rom. Niemand konnte sich erinnern, jemals jemanden mit solchen Augen gekannt zu haben. Außerdem hatte auch niemand Haare wie Federica, hellblond und lockig, federnd, dünn und leicht wie Spinnweben. So etwas kannte man in dem Dorf nicht, wo alle dichtes, kräftiges Haar hatten, das mit strassbesetzten Kämmen, bunten Klammern oder großzügigen Portionen Gel gebändigt werden musste.

Dieses ungewöhnliche Erscheinungsbild, das noch dazu mit einer alles übertreffenden Schüchternheit einherging, hatte ihr in ihrer Kindheit den Spitznamen *La Diafana* eingebracht, die Unsichtbare, so benannt nach einer ungeschickten Fee in einem Kinderbuch, die sich zu ihrem Leidwesen immer nur fast unsichtbar machen konnte. Und genau wie *La Diafana* hatte es auch Federica stets zutiefst bekümmert, dass es ihr nicht gelingen wollte, zwischen all den lauten, lebhaften, dunkelhaarigen Dorfkindern vollkommen unsichtbar zu werden. Auch als sie längst erwachsen war, wurde sie nicht müde, diese Kunst weiter zu perfektionieren. Die Tatsache jedoch, dass es ihr immer besser gelang, je älter sie wurde, war sehr bedauerlich, denn so entging den meisten, was ein aufmerksamer Beobachter durchaus hätte erkennen können: Hinter der verträumten, stillen Fassade verbarg sich nicht nur ein großes, mutiges Herz, sondern auch eine eigensinnige, unbeirrbare Persönlichkeit. Ihrer

Familie entging zumindest letztere Eigenschaft jedoch nicht: Es wurde allgemein vermutet, dass der für ein so zartes Mädchen überraschende Starrsinn in irgendeiner Weise etwas mit den sardischen Vorfahren des Vaters zu tun haben musste, die allesamt als schlimme Sturköpfe galten, oder aber, noch wahrscheinlicher, mit den sardischen Eseln, deren Dickschädel sprichwörtlich war. Dies war die bevorzugte Meinung von Federicas Mutter, deren überschäumendes Temperament immer wieder am stummen Widerstand ihrer einzigen Tochter abprallte wie der Sturm an einem der stoisch ins Meer ragenden Wellenbrecher an der Küste von Ostia.

Im Gegensatz zu Pasquale Balducci, der sich jedes Jahr aufs Neue verbissen an die Hoffnung klammerte, dass die Touristen, die die glühende Stadt während der Sommermonate wie Termitenschwärme heimsuchten, doch endlich auch seine Trattoria entdecken mochten, waren Federica die Touristen egal. Zwar hing einer ihrer beiden Jobs in gewisser Weise davon ab, aber andererseits war das Albergo *Il Nido*, *Das Nest*, in dem sie als Frühstücksfräulein arbeitete, so verschlafen und fernab aller Massentourismusströme gelegen, dass sich nur sehr selten größere Reisegruppen hierher verirrten.

Trotz der Hitze überfiel Federica jetzt ein leichter Kälteschauer, als sie an ihre Arbeit im Albergo dachte. Obwohl sie nun schon einige Jahre dort arbeitete, bereiteten ihr die Gäste nach wie vor Unbehagen. Es lag immer etwas

Forderndes in ihren Stimmen, eine Ungeduld, die sie nicht verstand, und Erwartungen, die sie nur enttäuschen konnte, weil sie keine Antworten auf ihre Fragen hatte oder aber weil es die falschen Antworten waren. Zum Beispiel, warum die Signora Zafferano darauf bestand, ausschließlich Frühstück *all'italiano* zu servieren, und zu keinerlei Zugeständnissen an den Geschmack der Gäste bereit war. Im *Nido* gab es Espresso, Cappuccino, Milchkaffee oder Malzkaffee, Zwieback mit Nutella, Obst, Kuchen und süßes Gebäck. Basta. Keine Wurst, niemals – *Dio mio!* – Käse und noch nicht einmal Eier. Einzig zu Tee hatte sich die Signora durchgerungen, jedoch nur, weil sie ihn selbst gerne trank und er nicht viel Arbeit machte. Dafür kamen die Cornetti und Brioches von einer ausgezeichneten Pasticceria, es gab blütenweiß gestärkte Tischdecken, bestickte Servietten und altes Silberbesteck, und die Gäste wurden allesamt persönlich bedient. Von Federica, dem Frühstücksfräulein.

Federica versuchte, die beunruhigenden Gedanken an die Gäste in der Pension zu verscheuchen. Wenn es so weiterging, würde sie nie einschlafen können, und dabei musste sie in dreieinhalb Stunden schon wieder aufstehen. Sie drehte sich um, was einen neuerlichen Schweißausbruch verursachte, und schloss die Augen. Pasquales Klimaanlage im Erdgeschoss schnaufte wie Signora Bevilacqua, die Vermieterin, wenn sie vom Einkaufen die Treppe heraufkam. Sie wohnte im zweiten Stock, direkt unter Federica. Im ersten Stock wohnte

Pasquale Balducci mit seiner Familie, die allesamt in der Trattoria arbeiteten. Federicas kleines Apartment lag unter dem Dach, dort, wo es im Sommer am heißesten war. Vor allem im Schlafzimmer, in das fast den ganzen Tag die Sonne schien, war es dann kaum auszuhalten. Deshalb schlief sie im Sommer auf dem Balkon, der auf den etwas schattigeren Hinterhof hinausging. Ebenso wie ihr unmittelbarer Nachbar, Mimmo Batticinque, der Mieter der zweiten Dachwohnung. Auch er hatte, wie Federica, ein Klappbett auf den Balkon gestellt, zwischen allerlei Kräutern und Pflanzen und frisch gewaschenen Socken, die, von der Sonne ausgedörrt, an der Wäscheleine baumelten, welche ihre beiden Balkone miteinander verband. Mimmo arbeitete sechs Tage in der Woche als Kellner in einem Restaurant an der Piazza Navona. Sein richtiger Name war Mimmo Gallo, doch jeder nannte ihn *Batticinque*, *Gib mir fünf*, weil er die Angewohnheit hatte, alle, die er traf, abzuklatschen, als ob es ständig etwas zu feiern gäbe. Er sah aus wie Roberto Benigni in jungen Jahren, mit hoher Stirn, krausen Locken und ein wenig schiefen Zähnen, und war ein ebensolcher Spaßvogel. Federica war froh, dass Mimmo ihr Nachbar war. Mit ihm gab es immer etwas zu lachen. Er lachte sogar über Dinge, die eigentlich zum Heulen waren.

Ein Lichtschein an seinem Fenster sagte Federica, dass er soeben nach Hause gekommen war. Und richtig, nach wenigen Minuten, in denen das kümmerliche Plätschern der vorsintflutlichen Dusche zu hören war, kam Mimmo heraus. Er trug nur eine Unterhose, und seine Haare standen wie ein Wischmopp zu Berge. »Psst! Fé!«

Federica richtete sich auf. »Ja?«

»Ich kann dich nicht sehen. Bist du schon geschmolzen?«

Federica kicherte. »Fast.«

»Ich hab was für dich.«

Mimmo brachte ihr manchmal eine Kleinigkeit mit, von der er wusste, dass sie sich darüber freute: eine geklaute Blume aus der Tischdekoration des Restaurants, in dem er arbeitete, einen schönen Stein, von dem er ihr erzählte, er habe ihn so lange angebettelt, bis er ihn habe mitnehmen müssen, oder aber das ein oder andere Buch vom Flohmarkt in Porta Portese, wo er sich meist an seinen freien Sonntagen herumtrieb. Jetzt nestelte er an seinen Socken herum und zog an der Leine. Wie eine Gondel einer Seilbahn schwebte ein verschrumpelter Tennissocken zu Federica hinüber. Sie holte einen kleinen Gegenstand aus Plastik heraus und drehte ihn ratlos in den Händen.

»Was ist das?«

»Ein einzigartiges Wunderding!« Mimmo machte eine weit ausholende Geste wie einer der Gemüsehändler am Campo de' Fiori, der seine Ware anpreist. »Ich hab auch schon eins. Von Jo.«

Jo, das war Joseph Kédougou. Er war Senegalese und ernährte seine drei Frauen und eine unübersichtliche Anzahl Kinder daheim im Senegal, indem er den Sommer über mit einem selbst gezimmerten Bauchladen in der Stadt umherzog und den Touristen Sonnenbrillen, billigen Modeschmuck und Gürtel aus Kamelleder verkaufte.

»Und was genau für Wunder bewirkt es?«

»Es macht glücklich.«

»Oh.«

Eine typische Mimmo-Antwort. Federica wartete. Sie spürte, wie sich der Schweiß in ihrem Nacken sammelte und zwischen den Schulterblättern hinunterrann.

»Da ist ein kleiner Schalter, den musst du drücken.«

Federica tastete mit den Fingern an dem kleinen, unförmigen Gegenstand herum, fand den Schalter und drückte ihn. Ein blaues, wirbelndes Licht flackerte auf, und ein kühler Lufthauch traf Federicas schweißnasses Gesicht. »Ein Ventilator!«, rief sie entzückt. »Ein leuchtender Miniventilator!« Sie sah zu Mimmos Balkon hinüber und sah auch dort ein blaues Licht in der Dunkelheit wirbeln.

Federica konnte Mimmos Gesicht im Schein seines Ventilators erkennen. Er grinste, und mit seinen schiefen Zähnen und wilden Haaren sah er wie ein vergnügter kleiner Kobold aus. »Hatte ich recht? Macht es glücklich?«

»Ja. Hattest du. Danke!«

Mimmo hob seine rechte Hand. »Batticinque.«

Sie hob ebenfalls ihre Hand, »Batticinque!«, und ließ sich dann müde lächelnd auf ihr Bett zurückfallen, den flimmernden Ventilator neben sich.

ZWEI

Um vier Uhr morgens mochte Federica die Stadt am liebsten. Es war so unwirklich ruhig, dass das Knattern ihres alten Mofas überdeutlich von den Häuserfronten zurückgeworfen wurde. Sie überquerte den Tiber und fuhr in die Viale Trastevere, wo das Postamt lag, in dem sie jeden Morgen, außer am Sonntag, die Post der Stadtviertel Trastevere, Testaccio und Aventin sortierte. Um diese Zeit konnte sie spüren, was Giordano Bruno – ihr anderer Freund neben Mimmo Batticinque – meinte, wenn er von der Unendlichkeit der Welten sprach. Sie brauchte nur den Kopf zu heben, dort, auf der Ponte *Sublicio*, wo unter ihr still der Tiber vorbei zum Meer floss, und sich den Himmel anzusehen. Jetzt, in den heißen, lichten Juninächten, war der Nachthimmel noch heller als sonst und schien so durchlässig, dass man glauben konnte, dahinter tatsächlich andere Welten leuchten zu sehen. Mitten in der Stadt war es allerdings auch zu anderen Jahreszeiten nie wirklich dunkel. Die unzähligen, orangefarbenen Straßenlampen verliehen der Nacht einen seltsam irrealen, fast grünlichen Schimmer, den es nur hier gab und der von den mehr als zweitausend Jahre alten Mauern herrührte, die nachts, beschienen vom orangefarbenen Licht, lebendig wurden und Struktur und Stimme bekamen. Etwas, was sie tagsüber, erstickt von Touristen, Staub und Abgasen, längst verloren hatten. Federica liebte deshalb die Nacht und den frühen Morgen. Nur in diesen Stunden konnte man durch die Straßen gehen, ohne einem Menschen zu begegnen. Dafür begegnete man anderen, geheimnisvolleren Dingen. Und man konnte stille Zwiesprache halten mit den Steinen, die, noch aufgeheizt vom Tag, erst jetzt langsam auszuatmen begannen. Federica mochte Steine lieber als Menschen. Deshalb war vielleicht auch Giordano Bruno ihr Freund. Natürlich war auch er einmal ein Mensch aus Fleisch und Blut gewesen, doch das war lange her. Er war seit vielen Hundert Jahren tot. Man hatte ihn wegen seiner Lehre von der Unendlichkeit der Welt als Ketzer auf dem Campo de' Fiori verbrannt. Zweihundert Jahre später war ihm auf diesem Platz südlich der großen und ungleich prächtigeren Piazza Navona ein steinernes Denkmal errichtet worden. Dort stand er noch immer, ein steingewordener Philosoph und Volksheld, die Kapuze tief in die Stirn gezogen, den Blick auf ewig anklagend in Richtung des Vatikans gewandt. Federica besuchte ihn oft. Manchmal, wenn sie rechtzeitig aufgestanden war, noch vor der Arbeit im Postamt, meist aber, bevor sie ihre Arbeit als Frühstücksfräulein bei Signora Zafferano antrat. Dann war der Blumen- und Gemüsemarkt rund um das Denkmal bereits geöffnet, doch es waren noch kaum Kunden da. Man konnte ungehindert zwischen den Ständen umherschlendern und dem Ketzer einen Besuch abstatten. Auf dem Campo de' Fiori kannte man die auffallend blonde, stille junge Frau schon, und manchmal bekam sie von den Händlern ein Cornetto oder ein Tramezzino geschenkt. Damit setzte sie sich ihrem Freund zu Füßen und stellte ihm die eine oder andere Frage. Es ging dabei meist um Dinge, die sie gelesen hatte und die sie nicht losließen. Noch mehr als den Steinen galt Federicas Liebe nämlich Büchern, und oft beschäftigten sie die Geschichten, die sie gelesen hatte, noch tagelang. Es gab darin Rätsel, die sie nicht entwirren konnte, geheimnisvolle Andeutungen, die nicht aufgelöst wurden, und Wendungen, die sie nicht verstand, so sehr sie sich auch den Kopf darüber zerbrach. Manchmal war sie auch mit dem Schluss eines Romans nicht einverstanden und versuchte, für die Probleme, mit denen die Helden alleingelassen worden waren, eine zufriedenstellende Lösung zu finden. Es ging doch nicht an, dass Frauen Selbstmord begehen mussten, weil sie sich in den falschen Mann verliebten, dass aufrechte Männer ins Elend gestürzt wurden, weil sie ihre Meinung äußerten, und Kinder verstoßen wurden und sich allein und bettelnd durchs Leben schlagen mussten. Für all das musste es eine Lösung geben. All diese Rätsel und Fragen aus den unzähligen Büchern, die sie las und – ein Mal gelesen – für alle Zeiten im Kopf behielt, besprach sie mit Giordano Bruno, der dazu in der Regel schwieg. Manchmal gab er ihr einen Hinweis in Form eines Satzes aus einer seiner Schriften, die sie in kleinen, abgegriffenen Heftchen bei sich trug, meist aber waren seine Gedanken wenig praktikabel für die Probleme, mit denen sich die Protagonisten aus Federicas Büchern herumschlagen mussten. Das sagte sie ihm dann mit aller Deutlichkeit, doch auch dazu schwieg der Denker auf seinem Sockel – steinern und ungerührt. Sie wies ihn darauf hin, dass es sich leicht über unendliche Welten nachdenken ließe wenn man, gemütlich und von Alltagssorgen unangefochten, in einer Studierstube saß, es im täglichen Leben jedoch darauf ankam, in der Welt zurechtzukommen, in der man sich gerade befand. Sie warf ihm vor, dass dazu seine Schriften jeglichen praktischen Rat schuldig blieben und er deshalb gut daran getan hätte, seine Positionen ein klein wenig dem Alltag normaler Menschen anzupassen, bevor er verbrannt wurde. Andererseits war sie gerade deshalb fasziniert von ihm. Er war für eine Idee gestorben. Eine Idee noch dazu, die sich im Nachhinein als vollkommen richtig erwiesen hatte. Nur war sie ihm zu früh gekommen. Zum falschen Zeitpunkt. Und am falschen Ort. Pech gehabt. Federica hatte keine solchen Ideen, und sie wusste nicht genau, ob das nun wiederum ein Glück war oder eher traurig. Zwar lief man heutzutage kaum mehr Gefahr, als Ketzer verbrannt zu werden, doch eine unbotmäßige Idee zur falschen Zeit konnte einem noch immer eine Menge Ärger einhandeln. Federica ging Ärger aus dem Weg, wenn sie konnte. Sie war nicht geschaffen für Schwierigkeiten. Und gerade deshalb übte der Gedanke, sich durch eine verrückte Idee solche einzuhandeln, einen großen Reiz auf sie aus. Schwierigkeiten zu haben, das klang nach Abenteuer, nach prallem Leben, schmeckte nach Hitze, Rauch und Feuer. An Schwierigkeiten konnte man sich leicht die Finger verbrennen, aber andererseits spürte man dabei das Leben unmittelbar, so wie wenn man einen Finger auf eine Schlagader legte und fühlen konnte, wie das Blut darunter pochte. Schwierigkeiten zu haben, das war wie der Finger an der Ader, ohne Haut dazwischen; zu fallen, ohne Netz und doppelten Boden; zu sagen, was man dachte, auch wenn es gefährlich war. Deshalb waren Schwierigkeiten nichts für sie. Sie errötete ja bereits, wenn jemand unerwartet ein Wort an sie richtete, und der Gedanke, jemandem einfach so die Meinung zu sagen, jagte ihr Angstschauer über den Rücken. Heute Morgen hätte sie ihrem steinernen Freund gerne noch einen kurzen Besuch abgestattet, doch die große Menge an Post, die zum Sortieren bereitlag, sagte ihr, dass es wohl zu knapp werden würde, um noch vor dem Frühstücksdienst am Campo de' Fiori vorbeizufahren. In der großen Posthalle, in der sie jetzt mit anderen an langen, zerkratzten Tischen stand, hatte es über Nacht kaum abgekühlt, es war stickig und roch nach Pappe, Leim und altem Schweiß, zaghaft durchsetzt von dem angenehmeren Duft nach Espresso, der aus der kleinen Küche drang. Eros, der Leiter der Frühschicht, hatte wie jeden Morgen mit der alten, großen Moka Kaffee für alle gekocht, den er jetzt in winzigen Plastiktassen auszuteilen begann. Er hieß eigentlich Ermano Buzzetti, aber alle nannten ihn Eros, weil er ein großer Fan von Eros Ramazzotti war und ständig dessen Lieder vor sich hin summte.

»*Una terra promessa* …«, sang er leise, als er Federica ihre Tasse reichte. »Guten Morgen, Fé! Gut geschlafen?«

»Geht so.« Federica nahm dankend den Espresso entgegen. »Es ist zu heiß zum Schlafen.«

»*Magari! Dio mio!* Diese Hitze bringt uns noch alle um!«, stimmte Eros ihr zu, zwinkerte freundlich und ging mit seinem Plastiktablett weiter zu ihrem Nachbarn. Federica trank den Espresso mit einem schnellen Schluck und widmete sich dann wieder ihren Briefen. Eros war inzwischen zum nächsten Lied übergegangen: »*E ci sei … adesso tu …*« Sie brauchte nicht aufzusehen, um zu wissen, dass er jetzt bei Simonetta angelangt war. Dieses Lied schmachtete er immer bei Simonetta, und immer lachte sie dann und kniff ihm neckisch in die Wange. Simonetta hatte grellrot gefärbtes Haar und wog gute neunzig Kilo, doch Eros verehrte sie über alle Maßen. Seit Simonetta in der Poststelle arbeitete, versuchte Eros, sie zu erobern, doch was er auch unternahm, um sie zu beeindrucken, Simonetta lachte nur, kniff ihn in die Wange und widmete sich dann wieder ihrer Arbeit. Anfangs hatte es Wetten gegeben, ob es Eros irgendwann gelingen würde, das Herz der voluminösen Simonetta zu erweichen, mittlerweile aber hatten sich die anderen an die Vergeblichkeit seines Werbens gewöhnt und sahen kaum noch auf, wenn er zu singen begann. Er schien im Übrigen auch ganz zufrieden damit zu sein, für sie ein Lied zu singen, ab und zu eine Rose auf ihren Platz zu legen und sich dafür von ihr in die Wange kneifen zu lassen. Federica hatte niemanden, der ihr Rosen schenkte und Lieder für sie sang, doch das war kein Problem. Sie konnte sich ohnehin nicht vorstellen, jemanden als Dank in die Wange zu kneifen oder so zu lachen, wie Simonetta es tat – ein bisschen verheißungsvoll, ein bisschen spöttisch, ohne sich festzulegen. Federica hatte ihre Bücher, sie hatte Mimmo und Giordano Bruno und seine unendlichen Welten, und das reichte ihr. Es kam vor, dass sie tagelang mit niemandem sprach, ein »Guten Morgen« zu Eros, Signora Zafferano und den Gästen des *Nido* und ein »Gute Nacht« an Mimmo Batticinque einmal ausgenommen. Und lautes Lachen war auch nicht ihre Sache. Mechanisch sortierte sie weiter und hörte dabei mit halbem Ohr der Unterhaltung der anderen zu. Als die Uhr sechs zeigte, räumte sie ihren Platz und war so schnell und leise verschwunden wie eine Maus am Morgen.

DREI

Sie vergewisserte sich noch einmal, dass bei dem zuletzt eingetroffenen Gast alles in Ordnung war: ein Cornetto, Tee, Milch, brauner Zucker, dann zog sie sich unauffällig zurück. In der Küche atmete sie erst einmal tief durch und wischte sich ihre feuchten Hände an der Schürze ab, bevor sie wieder hinausging, um bei den Gästen, die bereits fertig waren, das Geschirr abzuräumen. Das war immer ein besonders heikler Moment, denn nach dem Frühstück waren die Gäste oft noch zu einem kleinen Plausch aufgelegt, stellten Fragen und wollten Tipps. Federica hatte die Öffnungszeiten der Museen, die Eintrittspreise und die wichtigsten Buslinien durch das Stadtzentrum längst auswendig gelernt, doch wenn sie tatsächlich danach gefragt wurde, brachte sie meistens etwas durcheinander, was sie dann stottern und schamrot verstummen ließ. Schlimm waren auch die Fragen nach »typischen« Restaurants. Federica wusste nie, was sie darauf antworten sollte. Was war typisch? Und noch wichtiger: Typisch wofür? Für das Testaccio? Für Rom? Für Italien? Eine solche Frage ließ sie jedes Mal in Schweiß ausbrechen, zumal sie herausgefunden hatte, dass für einen Engländer etwas ganz anderes typisch römisch zu sein schien als für einen Amerikaner und erst recht für einen Deutschen. Hinzu kam, dass jene Restaurants, die Federica noch am ehesten als typisch römisch ansehen würde, weil dort einfache, deftige Hausmannskost und Innereien wie beispielsweise *trippa alla romana, Kutteln nach römischer Art*, serviert wurden, in der Regel bei niemandem beliebt waren. Amerikaner, in dieser Hinsicht besonders zart besaitet, verzogen bereits das Gesicht, wenn Federica anfing zu erklären, dass echte Spaghetti Carbonara niemals mit Schinken, sondern mit Schweineschwarte gemacht wurden, und bei ihrem Versuch, das Wort »Kutteln« ins Englische zu übersetzen, wurden sie regelmäßig blass. Eine Weile hatte sie dennoch bei solchen Fragen herauszufinden versucht, was den Gästen tatsächlich vorschwebte, was für einen Geschmack sie hatten und welche »typischen« Bilder in ihrem Kopf waren, bis sie feststellen musste, dass eine allzu intensive Beschäftigung mit der Frage überhaupt nicht gewünscht war. Die Gäste reagierten irritiert bis ungeduldig auf ihre zögernden Fragen oder zuckten nur die Schultern, so als hätten sie keine Ahnung, was sie eigentlich wollten. Daher war sie mittlerweile dazu übergegangen, genauso wie Signora Zafferano, ausnahmslos allen das gleiche Touristenlokal im Trastevere zu empfehlen, in dem es Livemusik, Pizza, Spaghetti bolognese und etwas gab, was entfernt an Ossobuco erinnern sollte. Allerdings hatte sie dabei – ganz anders als Signora Zafferano – immer ein wenig ein schlechtes Gewissen, so als ob sie die Gäste betrügen würde. Das Problem war, dass Federica die Gäste nicht wirklich verstand. Nie konnte sie herausfinden, was sie von ihr erwarteten. Daher hielt sie es im Allgemeinen für klüger, zu lächeln und zu schweigen. Heute sah es so aus, als müsse sie auch nicht mehr tun, die Gäste schienen ungefährlich. Zunächst war da ein junges, offensichtlich frisch verheiratetes italienisches Paar, das sich ständig an den Händen hielt und verzückt anlächelte. Sie tranken beide Milchkaffee, aßen beide Biscotti mit Nutella und waren absolut problemlos. Sie hatten nur Augen füreinander, und wenn jemand sie nach dem Frühstücksfräulein gefragt hätte, hätten sie nicht einmal gewusst, wie sie aussah. Dann gab es noch Signore Zocco, einen älteren Kunsthändler aus Mailand, der jedes Jahr für mehrere Wochen nach Rom kam, immer am gleichen Platz saß und jeden Morgen ein Schokoladenbrioche aß und einen doppelten Espresso trank, und ein altes englisches Ehepaar, das so unauffällig war, dass es wie ein Teil der Einrichtung wirkte. Einzig die beiden deutschen Familien mit ihren hübschen blonden Kindern, die vorgestern angekommen waren und einen langen Tisch belegten, bargen ein gewisses Risiko. Gleich zu Anfang hatten sie sich über das karge Frühstück beschwert, nachdem Signora Zafferano ihnen jedoch einen längeren, nicht unfreundlichen, aber überaus bestimmten Vortrag über »authentische« italienische Frühstücksgewohnheiten gehalten hatte, zerpflückten sie nun gehorsam ihre Cornetti und Brioches auf dem Tisch und spülten sie mit reichlich Kaffee und heißer Milch hinunter. Vielleicht waren sie noch von Signora Zafferano eingeschüchtert, jedenfalls erwies sich Federicas Besorgnis, von ihnen etwas

Schwieriges gefragt zu werden, als unbegründet. Als sie sich dem Tisch näherte, lächelten sie ihr nur freundlich zu und murmelten etwas, das wie *Pnntschrrrno* klang. »Buongiorno Signori!« Federica erwiderte ihr Lächeln erleichtert und hatte sogar den Mut, dem kleinsten der blonden Kinder, einem sommersprossigen Mädchen mit allerliebsten Zöpfchen, zuzuzwinkern, bevor sie die Teller abräumte. Alle Gäste saßen an den offenen, großen Fenstern, durch die die Morgensonne hereinschien und von denen aus man einen wunderbaren Blick über den Tiber und die Stadt hatte. *Il Nido* befand sich auf dem Aventin, dem eleganten südlichen Hügel der Stadt, der vom Schmuddelkind Testaccio nur durch eine Straße getrennt war. Federica benötigte genau fünf Minuten, um von ihrer Dachwohnung in der Via del Arcangelo zu ihrer zweiten Arbeit zu gelangen. Sie überquerte die Via Marmorata und knatterte dann mit ihrem Mofa die schmale, von Pinien gesäumte Straße hinauf zur Piazza Cavalieri di Malta. Von dort waren es nur noch wenige Meter zu der kleinen, versteckt liegenden Villa von Signora Zafferano, die diese nach dem Tod ihres Mannes zu einer Pension umgewandelt hatte.

Als sie gegen halb elf mit ihrer Arbeit fertig war und nach draußen trat, traf die Vormittagshitze sie wie eine Keule. Die Sonne hatte den Asphalt bereits so aufgeheizt, dass die Luft darüber flimmerte, und der intensive Duft der hohen Pinien, die das Haus der Signora Zafferano wie strenge Wächter umstanden, nahm ihr fast den Atem.

Außer dem lauten Gesang der Zikaden in den Bäumen war nichts zu hören, er übertönte sogar das Rauschen des Verkehrs, der unterhalb des Hügels vorbeiströmte. Die drückend heiße, vom eintönigen Zirpen erfüllte Luft umhüllte Federica wie Sirup, und ihr rann der Schweiß den Nacken hinunter, noch bevor sie ihr Mofa aufgesperrt und die dicke Sicherheitskette in der Rückbank verstaut hatte. In der Pension war es vergleichsweise kühl gewesen. Signora Zafferano hatte im Frühstücksraum und in den Gästezimmern Klimaanlagen einbauen lassen, und der Schatten der Bäume tat ein Übriges, um die Temperatur im Haus einigermaßen erträglich zu halten. Dafür war es umso überwältigender, wenn man aus der schattigen Kühle nach draußen in die Sonne trat. Das Knattern ihres Mofas zerriss die flimmernde Stille, und die Zikaden verstummten für einen Moment. Die Hände nur leicht um die klebrig-heißen Griffe des Lenkers gelegt, fuhr sie los, ohne sich ihren Helm aufzusetzen, um sich auf dem kurzen Weg nach Hause wenigstens ein bisschen Kühlung zu verschaffen.

Die Via del Arcangelo lag still und staubig da, als sie ankam. Sie schob ihr Mofa in den Innenhof und kettete es an das Gitter eines Lüftungsschachtes. Aus dem Küchenfenster der Trattoria von Pasquale Balducci klang lautes Geschrei und Gezeter. Er stritt sich mit seiner Frau Rosanna. Das war nichts Neues. Sie stritten unentwegt, und Federica fragte sich, was die beiden überhaupt noch zusammenhielt. Doch im Grunde wusste sie die

Antwort, wie jeder hier in der Straße: Es war die Trattoria. Sie konnten es sich finanziell nicht leisten, sich zu trennen. So blieben sie zusammen, aneinandergekettet durch ihren Familienbetrieb, der auch ihre beiden erwachsenen Söhne und die halbwüchsige Tochter ernährte, und stritten und jammerten und buken nebenbei knusprige, duftende Pizzaräder, so groß, dass sie über den Tellerrand hingen, bereiteten Spaghetti Carbonara mit geräucherter Schinkenschwarte und vielen gelbdottrigen Eiern zu und die besten *trippa alla romana* weit und breit. Wenn Federica Geld übrig hatte, was nicht so oft der Fall war, aus Gründen, die noch erklärt werden müssen, gönnte sie sich am Monatsende manchmal zusammen mit Mimmo Batticinque einen Abend im *Il Piccio*. Dann aßen sie *supplì alla romana*, mit Mozzarella, Provolone und Hackfleisch gefüllte, frittierte Reisbällchen, und *carciofi alla giuda*, Artischocken nach jüdischer Art, als Vorspeise, danach dicke, von Rosanna Balducci selbst gemachte *bucatini all'amatriciana* mit Speck und Tomatensoße und köstliches *abbacchio*, römisches Milchlamm mit Knoblauchsoße. Für das Dessert fuhren sie mit dem Mofa in die Innenstadt und teilten sich ein unverschämt teures, dickes Tartufo mit Sahne an der Piazza Navona. Dort saßen sie an einem der prächtigen Brunnen und aßen gemeinsam ihr Eis inmitten von Touristen und Nachtschwärmern. Wenn das Geld für solch lukullische Genüsse nicht reichte, tat es auch eine Pizza Margherita oder eine *piadina* an Raffis Bar in der Via Marmorata. Federica genoss diese gemeinsamen Abende mit Mimmo, die sie jedes Mal wie ein Fest feierten, obwohl sie, wenn es nach ihr gegangen wäre, nie auf den Gedanken gekommen wäre, mit ihrem Nachbarn essen zu gehen. Er hatte sie dazu überreden müssen. Eines Tages, Federica hatte etwa ein halbes Jahr in der Via del Arcangelo gewohnt, und sie hatten sich ein paar Mal im Treppenhaus gegrüßt, war Mimmo vor ihrer Tür gestanden und hatte ihr eine Hand entgegengestreckt. »*Batticinque*! Gratuliere!«

Sie hatte verdutzt eingeschlagen und war prompt errötet. »Warum?«, hatte sie gefragt, und Mimmo hatte die Augen aufgerissen und sie vorwurfsvoll angesehen. »Du weißt es nicht? Ich bitte dich!«

»Nein …« Sie hatte den Kopf geschüttelt und war sich dumm vorgekommen.

»Sechs Monate! Sechs Monate in diesem Haus, mit dieser Vermieterin und in dieser Straße, und du lebst noch! Viva! Viva Federica!«

Federica hatte gelacht. Tatsächlich war die Vermieterin etwas gewöhnungsbedürftig. Sie war Polin und verwitwet, seit ihr Gatte, Vittorio Emmanuele Bevilacqua, bei dem heroischen Versuch, die Stromversorgung des Hauses mithilfe einer abgeklemmten benachbarten Stromleitung etwas preiswerter zu gestalten, von einem Stromschlag getroffen von der Leiter gefallen war. Julitta Bevilacqua war abergläubisch, redete wie ein Wasserfall, allerdings selten verständliches Italienisch, und hatte ein schweres Los zu tragen, nämlich bedauerlicherweise Eigentümerin eines heruntergekommenen Hauses inmitten einer der teuersten Städte der Welt zu sein und monatlich von drei Parteien und einer Trattoria Miete kassieren zu dürfen. Undenkbar, davon je einen Cent in das Haus zu investieren. Bei den Handwerkerpreisen! Wo käme man da hin! Die Folge war, dass sich die vermieteten Wohnungen den Charme der Fünfzigerjahre samt den sanitären Einrichtungen aus der Zeit bis ins Detail bewahrt hatten, das Treppenhaus eine Schande war und kürzlich ein morscher Fensterladen aus dem zweiten Stock beinahe den Sohn von Pasquale Balducci erschlagen hätte, als er im Innenhof gerade eine Zigarette rauchen wollte. Allerdings war der Strom seit Vittorio Emmanueles tragischer Heldentat vor sechs Jahren umsonst, sodass wenigstens die Nebenkosten erfreulich gering blieben. Was die Wasserversorgung des Hauses anbelangte, so entsprach sie dem des ganzen Viertels, sprich, in heißen Monaten fiel sie meist von etwa neun Uhr vormittags bis zum späten Abend ganz aus. Daran war Signora Bevilacqua allerdings weitgehend unschuldig. Dieses kleine Problem nahm man denn auch wie überall im Viertel mit äußerster Gelassenheit und einer gehörigen Portion Nationalstolz hin: Immerhin lebte man in Rom, der glanzvollen Hauptstadt des Imperium Romanum, die schon vor zweitausend Jahren über die modernste Wasserversorgung der antiken Welt verfügt hatte. Aus dieser Zeit stammten auch noch die zahllosen Brunnen, aus denen man sich in der Stadt an jeder Straßenecke mit frischem, sauberem Wasser versorgen konnte. Und so sah man in den Sommermonaten viele Römer des Viertels rund um den alten Schlachthof und anderswo, wo Reichtum und eine moderne Wasserversorgung noch nicht Einzug gehalten hatten, vor diesen Brunnen stehen, um große Plastikflaschen, Eimer und Schüsseln zu füllen, um kochen, sich waschen und die nicht funktionierende Klospülung durch einen Schwall Wasser aus dem Eimer ersetzen zu können. Auch Federica hatte im Sommer immer zwei Eimer Wasser in ihrer Wohnung stehen, für alle Fälle.

Aus Mimmo Batticinques Einladung zur Feier von Federicas halbjährigem Überleben bei Signora Bevilacqua hatte sich nach und nach ein monatliches Ritual entwickelt. Federica war sehr froh über diese Abende, nicht nur, weil Mimmo lieb und lustig war und sie immer zum Lachen brachte, sondern auch, weil sie gegenüber ihrer Mutter als »Verabredungen« durchgingen und Mimmo daher so etwas wie ihr fester Freund wurde, zumindest hegte ihre Mutter, die von Signora Bevilacqua genauestens auf dem Laufenden gehalten wurde, gewisse Hoffnungen in dieser Richtung. Nach Meinung ihrer Mutter war Federica mit ihren siebenundzwanzig Jahren auf dem besten Weg, eine alte Jungfer zu werden, und das gab im Hause Mazzanti immer wieder Anlass zu größter Sorge. Federicas ältere Brüder, Gennaro und Nicola, waren bereits seit Jahren in festen Händen, Gennaro sogar schon verheiratet, und seine Frau war überdies schwanger und würde demnächst das erste Enkelkind zur Welt bringen. Nur Cesare, Federicas jüngerer Bruder, war noch solo, doch er war schließlich noch ein *ragazzo*, ein sehr junger

Mann, der sich noch eine Weile die Hörner abstoßen durfte. Das war etwas ganz anderes als bei Federica, die doch recht seltsam geraten war und offenbar Bücher einem schmucken jungen Mann vorzog. Man bedenke: Bücher! *Diomiomadresantaincielo!* Aus diesem Grund war es für Federica ein zweifacher Segen, regelmäßig mit Mimmo ausgehen zu können. Es war zwar nur höchstens ein Mal im Monat, doch weil Federica sonst nie Verabredungen hatte, reichte es, um Signora Bevilacqua und damit auch ihre Mutter fürs Erste zu beruhigen. Dass die »Beziehung« nun schon einige Zeit andauerte, ohne dass dabei etwas Entscheidendes voranzugehen schien, schrieb Federicas Mutter in bester Verdrängungsmanier dem Umstand zu, dass Federica eben ein anständiges Mädchen aus gutem Hause sei, um das sich ein Mann entsprechend bemühen müsse. Federica ließ sie gerne in dem Glauben. Wenn sie zu Hause bei ihren Eltern war, sprach sie möglichst wenig über Mimmo, und von dem Wenigen erfand sie das meiste, entnahm es aus Büchern, die sie las, und fabulierte noch ein paar farbige Details dazu, die sie sich rund um die Gäste des *Nido* ausgedacht hatte. All das genügte, um ihre Mutter glücklich zu machen, und Federica hatte ihre Ruhe. Und das war das, was sie am meisten schätzte.

Als sie ihr Mofa abgeschlossen hatte und gerade ihre drei Haustürschlüssel aus der Tasche kramte, hörte sie in der Einfahrt ein Klirren. Es war das rhythmische Klirren eines Schwertes gegen Metall, und Federica kannte das

Geräusch. Nur kam es heute ungewöhnlich früh. Es war noch nicht einmal Mittag. Als Martino in der Rüstung eines römischen Legionärs in den Innenhof trat, winkte Federica ihm zu. »Schon so früh fertig heute?«

Martino sah etwas derangiert aus. Seinen Helm mit dem roten Federbusch hatte er unter den Arm geklemmt, und seine dunklen Haare klebten schweißnass am Kopf. Die Beinschilde hielt er in der freien Hand, und das Schwert hing schief am Rock. Er humpelte leicht in seinen Sandalen. »Sie haben uns vertrieben.« Er wischte sich müde das Gesicht ab. »Konnte gerade noch abhauen.«

»Schon wieder!« Federica musterte ihn mitfühlend. Martino arbeitete seit einigen Jahren als Legionär. In voller Rüstung, die er sich selbst hatte anfertigen lassen, postierte er sich jeden Tag zusammen mit einigen Kollegen vor dem Kolosseum und wartete auf zahlende Touristen, die mit ihm zusammen ein Foto machen wollten. Die besten Kunden waren die Japaner. Wenn er nicht als Legionär arbeitete, war er Künstler, allerdings eher einer von der brotlosen Sorte. Er hatte sein Atelier in einer stillgelegten Schlachthofhalle, von der noch die Rede sein wird, und malte winzige, verschrobene Bilder, bevölkert mit Fabelwesen, die aussahen, als seien sie aus einer anderen Welt entsprungen. Leider verkauften sich seine witzigen Bildchen nicht besonders gut. Rom-Touristen bevorzugten pittoreske Säulen, den Petersdom oder die Engelsburg als Motiv, denn wie sollte man sich an die Stadt erinnern können, wenn man sich einen grasgrünen, sommersprossigen Gargoyle mit Regenschirm und Gummistiefeln zu Hause an die Wand hängte? Martino hatte aber keine Lust, Hunderte Male den Petersdom zu malen, und so war ihm die Legionärsrolle eine willkommene Alternative, gutes Geld zu verdienen, zumal er Latein und Geschichte studiert hatte und Ovid und Seneca auswendig rezitieren konnte. Letzteres spielte bei den japanischen Touristen zwar keine große Rolle, aber es gab ihm das Gefühl, Teil des großen Ganzen und nicht nur eine billige Touristenattraktion zu sein. Leider war der Stadtrat von Rom in diesem Frühjahr urplötzlich auf die Legionäre aufmerksam geworden und hatte begriffen, dass sich damit Geld verdienen ließ. Und so waren sie ganz schnell verboten worden, und man verteilte neuerdings teure Tageslizenzen für alle, die sich weiterhin auf diese Weise verdingen wollten. Allerdings wollte niemand eine solche Lizenz erwerben, denn die Auswahl der Verteilung oblag einem Stadtrat, von dem jeder wusste, wie korrupt und verschlagen er war. Dieser würde sich die Erlaubnis so teuer bezahlen lassen, dass sich nichts mehr daran verdienen ließ. Von der Furcht einflößenden Möglichkeit, dass man mit einer offiziellen Lizenz auch noch das Finanzamt auf sich aufmerksam machen könnte, ganz zu schweigen. Im Ergebnis ging die Geschichte daher aus, wie solche Geschichten in Rom immer auszugehen pflegten: Es änderte sich nichts. Die nun offiziell illegalen Legionäre standen noch immer am Kolosseum und kassierten fünf Euro pro Foto. Allerdings mussten sie jetzt damit rechnen, dann und wann von der

Stadtpolizei vertrieben zu werden, ebenso wie die fliegenden Händler und die Bettelkinder, die sich auch an den Sehenswürdigkeiten herumtrieben und versuchten, ein Stück vom fetten Kuchen abzubekommen.

VIER

Federicas Wohnung bestand aus einer Wohnküche und einer Schlafkammer, die gerade groß genug war, um ein Bett und einen schmalen Schrank darin unterzubringen. Dazu gab es noch ein winziges Badezimmer mit einer Badewanne, in der man nur sitzen konnte, und einen kleinen Abstellraum. Ihr Vater hatte beim Einzug gesagt, die Wohnung sei so klein, dass man sich beim Umdrehen die Ellenbogen stoße, doch Federica störte das nicht. Sie war mit drei Brüdern groß geworden, hatte sich abwechselnd mit ihnen die Zimmer geteilt und, bis sie endlich ausziehen konnte, keine einzige Minute ihres Lebens allein verbracht. Das Dorf, in dem sie aufgewachsen war, befand sich etwa vierzig Kilometer östlich von Rom mitten in den Bergen. Touristen würden es als malerisch bezeichnen: unverputzte graue Steinhäuser mit Dachziegeln aus Terrakotta, enge Gassen, Stromleitungen, die von Haus zu Haus führten wie Wäscheleinen, und eine gepflasterte Piazza mit Brunnen vor der Kirche, wo sich mangels Alternativen noch bis vor einigen Jahren allabendlich die Dorfjugend versammelt und versucht hatte, unter den Augen der gesamten Dorfgemeinschaft erste zarte Kontakte zum anderen Geschlecht zu knüpfen. Mittlerweile war unterhalb des alten Dorfkerns ein ansehnliches Neubauviertel hinzugekommen. Dort gab es nun zwei Pizzerien, einen McDonald's, eine Birreria, einen Supermarkt und ein paar Geschäfte. Die Altstadt war daraufhin leerer geworden, die jungen Familien waren in das moderne Viertel gezogen, die Alten und die Armen geblieben. Auch Federicas Bruder Gennaro hatte sich dort unten ein Haus gebaut, und er hatte auch eine Einliegerwohnung für die Eltern vorgesehen. Doch ihre Eltern waren im alten Dorf geblieben. Störrisch, wie ihr Vater war, war er schon aus Prinzip dagegen gewesen, irgendwo anders hinzugehen, und sei es auch nur wenige Kilometer entfernt von seinem Haus in der Via della Pace. Außerdem trank er jeden Abend mit seinem Freund Mario ein Glas Wein in dessen Garage, und das wäre beschwerlicher oder gar unmöglich geworden, wenn sie hinunter in das neue Viertel gezogen wären. Also waren sie geblieben. Federica dagegen hatte aufgeatmet, als sie sich endlich eine eigene Wohnung leisten konnte. Am Anfang ihres Literaturstudiums an der Universität von Rom hatte sie, wie fast alle ihre Kommilitonen auch, noch zu Hause gewohnt. Doch anders als diese, die das bequeme Leben bei den Eltern dem Stress einer Arbeit neben dem Studium vorzogen, hatte sie schon damals unermüdlich nach einer Alternative gesucht. Und dann, als sie die Anstellungen bei der Post und im *Nido* ergattert hatte und feststand, dass sich diese auch einigermaßen mit den Vorlesungen vereinbaren ließen, war sie losgezogen, um eine Wohnung zu finden. Das war etwa ein halbes Jahr vor der Abgabe ihrer Abschlussarbeit gewesen, und sie hatte ihren entsetzten Eltern weisgemacht, sie müsse von nun an nah an der Uni und der Bibliothek wohnen, um besser lernen zu können. Im Gegensatz zu ihren Eltern, für die Rom Dantes neun Kreise der Hölle in sich vereinte, hatte sie die chaotische, schmutzige, turbulente Stadt, in der man sich ohne größere Anstrengung unsichtbar machen konnte, vom ersten Moment an, als sie mit knapp neunzehn Jahren an der Stazione Termini aus dem Zug gestiegen war, geliebt. Und weil nach ihrem Studienabschluss keine Arbeit zu finden war, die auch nur im Entferntesten etwas mit Literatur zu tun hatte, behielt sie einfach ihre beiden Jobs. Im Grunde hatte sie sich nie große Illusionen darüber gemacht, mit ihrem Studium tatsächlich eine ordentliche Anstellung finden zu können, und schon gar nicht in dieser Stadt. So etwas schafften nur diejenigen, die über entsprechende Beziehungen verfügten, und die hatte weder Federica noch ihre Familie. Es war in diesen Zeiten schon ein Wunder, überhaupt eine Arbeit zu haben, die es einem ermöglichte, allein über die Runden zu kommen. Für Federica aber war von Anfang an ohnehin etwas ganz anderes entscheidend gewesen: eine Tür. Sie hatte jahrelang von einer eigenen Tür geträumt, die sie hinter sich schließen konnte, wann immer sie Lust dazu hatte. Und als sie sie endlich gefunden hatte, die alte, schäbige Tür zu Signora Bevilacquas Dachwohnung, hatte sie keine Sekunde gezögert und zugegriffen und es auch nie bereut. Im Gegenteil. Wenn sie am Monatsanfang unten bei Signora Bevilacqua läutete und ihr die Geldscheine für die Miete bar in die Hand drückte, war es jedes Mal wie ein Fest für sie. Eine sprudelnde, überschäumende Welle des Glücks durchströmte sie in dem Moment, in dem die Signora das Geld gnädig entgegennahm und sie wusste, sie konnte wieder hinaufgehen in ihr persönliches kleines Reich und die Tür hinter sich schließen. Ein weiterer Monat Freiheit und Ruhe waren gewährleistet. Es waren die beiden frühmorgendlichen Arbeitsstellen, die ihr diese Freiheit garantierten, und deshalb waren sie so wertvoll. Mittlerweile aber gab es jedoch auch noch einen zweiten, ebenso wichtigen Grund, warum sie darauf bedacht war, genau diese beiden Jobs zu behalten: Die Arbeitszeit war perfekt für sie. Es wäre ihr gar nicht möglich gewesen, regulär von morgens bis abends zu arbeiten, denn dafür hatte sie keine Zeit. Montags bis samstags von sechzehn bis zwanzig Uhr war sie nämlich absolut unabkömmlich. In dieser Zeit widmete sie sich einzig und allein ihrem Traum. Ihrer Lebensaufgabe, wenn man so will. Nun könnte man natürlich einwenden, Lebensaufgabe sei ein zu großes Wort für jene von vornherein aussichtslose Sache, der sich Federica angenommen hatte und der niemand außer ihr selbst große Beachtung schenkte, aber dem muss ganz klar widersprochen werden: Mit der Sturheit ihrer Vorfahren, den weißen sardischen Eseln, hatte Federica entschieden, woran sie ihr Herz hängen würde, und damit basta. Und daher spielte es keine Rolle, dass dieser Traum, diese Herzensaufgabe, die Federica sich erwählt hatte, in den Augen eines anderen vielleicht zu nichtssagend war, zu unbedeutend, um überhaupt erwähnt zu werden. Mochten die anderen Menschen versuchen, die Welt zu retten, Federica hatte sich in den Kopf gesetzt, etwas anderes zu retten: eine Bücherei. Eine kleine, recht unscheinbare Bücherei unweit der Via del Arcangelo, die, bis Federica sie entdeckte, von niemandem beachtet vor sich hin gedämmert hatte. Dabei hatte es mit ihr so vielversprechend begonnen. Eine Bürgerinitiative mit dem schönen Namen *NOI! INSIEME!*, *Wir! Zusammen!*, hatte vor vielen Jahren, als Federica noch längst nicht hier gewohnt hatte, mit großem Enthusiasmus versucht, das heruntergekommene Viertel wohnlicher, sozialer und bürgerfreundlicher zu machen. Von den zahlreichen Bemühungen, die von den Offiziellen der Stadt genauso ignoriert worden waren wie das Viertel selbst, war am Ende allerdings mangels Geld und Energie nichts übrig geblieben als jene noch kaum bestückte und schon wieder verstaubte Bücherei in einer der ehemaligen Lagerhallen am Rande des alten Schlachthofs. War es ein Zufall, dass Federica unweit des Hauses, in dem sie eine Tür gefunden hatte, die sie hinter sich schließen konnte, schließlich eine weitere Tür entdeckte? Eine Tür, die Federica unmissverständlich aufforderte, sie zu öffnen, mehr noch, die nur auf sie gewartet zu haben schien? Federica hielt nichts von Zufällen. Zufälle waren etwas für Feiglinge, die es nicht wagten, offensichtliche Zusammenhänge beim Namen zu nennen. Dabei lag doch die Wahrheit für alle Menschen sichtbar auf der Straße. Man musste nur die Augen aufmachen. Und so war es auch an jenem sonnigen Samstagnachmittag im April gewesen, als Federica, gedankenverloren und aufmerksam zugleich, so wie es ihre Art war, durch das Viertel spazierte. Sie lief durch die mehr oder weniger rechtwinklig angelegten Straßen in Richtung des alten Schlachthofs, bog dann, einer Laune folgend, zum Fluss hinunter und ging eine Weile am Lungotevere Testaccio entlang. Als sie gewahr wurde, dass sie sich bereits auf Höhe des ehemaligen Schlachthofs befand, wandte sie sich vom Fluss ab, überquerte einen verödeten, brachliegenden Platz und ging an einer der noch immer leer stehenden Hallen vorbei wieder zurück in Richtung Via del Arcangelo. Ein großer Teil des 1975 aufgegebenen Schlachthofs war mittlerweile restauriert worden. Es befanden sich Büros, einige Fachbereiche der Universität, Ateliers und Ausstellungen in den langen, rechtwinklig angeordneten, an eine Kaserne erinnernden Gebäuden, doch gab es noch immer Gebäudeteile, die davon nicht erfasst worden waren, wo eiserne Absperrgatter und riesige Fleischerhaken vor sich hin rosteten und kleinere Hallen unbeachtet dem Verfall entgegenbröckelten. In einer Stadt, in der antike Ruinen seit Hunderten von Jahren für das Ansehen und den Wohlstand seiner Bewohner sorgten, kam es auf die eine oder andere modernere Industrieruine auch nicht mehr an.

Auf dem Weg zurück zur Straße kam Federica an einer solchen vergessenen Halle vorbei. Warum blieb Federica mitten auf dem Weg stehen? Ausgerechnet dort, zwischen Brennnesseln, Hundekot, Glasscherben und rostigen Getränkedosen, und sah zu dem tristen Gebäude hinüber, das, zwischen staubigen Ginsterbüschen und wildem Rosmarin versteckt, vor sich hin gammelte? Natürlich war das kein Zufall. Ihre Aufmerksamkeit wurde von einer Tür geweckt. Einer Tür, die sich als eine weitere Tür herausstellen sollte, die ihr Leben veränderte. Anfangs konnte man das noch nicht ahnen, doch da Federica wusste, dass alles in dieser Welt eine Bedeutung hatte, wusste sie auch, was zu tun war, als ihr Blick so unvermittelt auf die ehemals rote Tür fiel, die schüchtern in eine Ecke der alten Hallenmauer gequetscht war und deren Farbe bereits abblätterte. Es war ganz einfach: Sie musste hingehen und nachsehen, was das für eine Tür war. Und so stieg sie, ohne zu zögern, über alte Reifen, zusammengesunkenen, rostigen Maschendraht und ein paar größere Steinbrocken, von denen man auf den ersten Blick nicht genau sagen konnte, ob sie nun Bauschutt waren oder antike Überbleibsel einer römischen Mauer. Als sie vor der Tür stand und das Schild las, das darüber hing, schief und von der Sonne ausgebleicht, durchrieselte sie ein zarter Schauer. Es war kein gewöhnlicher Schauer von der Sorte, die einen erfasst, wenn man um eine Ecke biegt und einem ein überraschend kühler Wind entgegenweht, sondern es war einer dieser leisen Hinweise von irgendwoher, die man dann und wann bekam und sehr leicht übersehen konnte. Wenn man jedoch aufmerksam genug war und lauschte, was er zu sagen hatte, dann sorgte der Hinweis dafür, dass man sich erinnerte. An längst vergessene Träume, an Wünsche, von denen man nie geglaubt hatte, dass sie in Erfüllung gehen könnten. Federica stand vor der roten Tür in der warmen Frühlingssonne und las das Schild. *Libreria Mattatoio, Schlachthof-Bücherei*, stand darauf. Probehalber drückte sie auf die Klinke, doch die Tür war verschlossen. Es gab ein quadratisches Fenster darin, das eingeschlagen und halbherzig mit Pappe ausgebessert worden war. Federica zog die Pappe heraus und wagte einen Blick hinein. In dem länglichen Raum war nicht viel zu erkennen. Offenbar hatte man ungefähr ein Drittel der Gesamtgröße mit einer Mauer vom Rest der Halle abgetrennt. Durch zwei vom Unkraut überwucherte Fenster drang grünes Licht herein. Leere Holzregale, Bücher, die auf dem Boden lagen, ein alter Korbsessel, Staub, ein von Mäusen zerfressenes Stuhlkissen. Federica atmete tief ein. War es das? Sollte das der Grund gewesen sein, warum sie ausgerechnet hier, in diesem Viertel, ihre erste eigene Wohnung gefunden hatte? Sollte diese rote Tür der Grund dafür gewesen sein, Literatur zu studieren, ohne je eine Aussicht auf eine ordentliche Arbeit zu haben? Seit Federica denken konnte, waren Bücher für sie faszinierende Gegenstände gewesen. Schon bevor sie eine Zeile hatte lesen können, hatte sie die wenigen Bücher, die es in ihrer Familie gab, andachtsvoll in den Händen gehalten und vorsichtig eine Seite nach der anderen umgeblättert. Das Märchen der Diafana, das eines der ersten Bücher war, die ihr vorgelesen worden waren, hatte sie jedes Mal fast zu Tränen gerührt, und sie konnte sich noch genau an jedes einzelne Bild darin erinnern. Das Glück ihrer Kindheit war vollkommen gewesen, als sie zum ersten Mal die kleine Gemeindebücherei betreten hatte, die von der Pfarrei betrieben wurde. Ein magischer Ort voller Bücher, die nur darauf warteten, gelesen zu werden, und die man dazu nicht einmal kaufen musste. Man konnte dort hineingehen, ein Buch aus dem Regal ziehen und sich in eine Ecke verkriechen, ohne dass einen die ältliche Signora Cichetti, die an dem kleinen Empfangstisch saß und ein Babyjäckchen nach dem anderen für ihre zahlreichen Neffen und Nichten häkelte, groß beachtete. Sie ging in die Bücherei, sooft sie konnte, und las stundenlang, während ihre Eltern der Meinung waren, sie spiele mit ihren Schulkameraden auf der Piazza oder auf dem Hügel hinter dem Dorf, wo schroffe Steine wie Finger in die Höhe ragten und man Abenteuerspiele spielen konnte. Federica wurde nur selten gefragt, ob sie mitgehen wollte. Eigentlich nie. Doch das war ihr auch ganz recht. Die anderen Kinder verunsicherten sie, nie konnte sie einschätzen, ob sie etwas ernst meinten oder nicht, und sie verstand nicht, worüber sie lachten oder was sie wütend machte. Es war, als ob sie eine andere Sprache sprächen. Daher verbrachte sie ihre freie Zeit lieber in der kühlen Ecke der Bücherei. Dort versank sie in alten Indianergeschichten, ritt durch kühle Schluchten, kämpfte mit Bären und Pumas oder aber reiste in die Zukunft, entdeckte ferne Welten in anderen Zeiten, indem sie durch Zeittunnel wanderte, magische Steine berührte oder durch einen Spalt in einer Wand einfach verschwand. All diese Dinge fielen Federica wieder ein, als sie durch das zerbrochene Fenster schaute, und ihr wurde klar, dass die verlassene Bücherei nur auf sie gewartet hatte. Sie war dazu bestimmt, die Bücher abzustauben und zurück auf die Regale zu stellen, den Boden zu fegen und Licht hineinzulassen. Sie malte sich aus, wie die Leute aus dem Viertel vorbeikämen und sich Bücher ausliehen, Bücher, die sie, Federica Mazzanti, ihnen persönlich ausgesucht hatte. Sie würde schöne Geschichten auswählen, Geschichten, die zu den Leuten hier passten, sie würde herausfinden, was ihnen gefiel, was sie brauchten und wonach sie sich sehnten, und für jeden Einzelnen und für jede Situation die passende Geschichte bereithalten. Ihr fielen bereits ein paar Bücher ein, die womöglich Signora Zafferano gefallen könnten, elegante Romane, die von früheren Zeiten erzählten, als die Welt angeblich noch besser, zumindest überschaubarer gewesen war. Ja, solche Bücher dürften der Signora gefallen. Und für Mimmo würde sie witzige Geschichten auswählen, Schelmenromane, die klug und manchmal ein wenig traurig, gleichzeitig aber auch zum Lachen waren. Bücher, bei denen man, ein Lächeln auf den Lippen, die Seiten umblätterte und sich gleichzeitig verstohlen eine Träne aus dem Augenwinkel wischen musste.

Einmal den Entschluss gefasst, ließ sich Federica nicht mehr davon abbringen, die *Libreria Mattatoio* zu neuem Leben zu erwecken. Allerdings gestaltete sich das Vorhaben erheblich schwieriger, als sie es sich gedacht hatte. Aber so war das ja meistens mit der Realität. Sie war ein Spielverderber.

Federica ignorierte alle Schwierigkeiten, so gut es ging, und versuchte bei jedem neuen Problem, das sich ihr in den Weg stellte, Mittel und Wege zu finden, ihren Plan doch noch in die Tat umzusetzen. Es kam ihr gar nicht in den Sinn aufzugeben. Dabei hatte es bereits damit begonnen, dass niemand einen Schlüssel für die Bücherei besaß und auch keiner wusste, wer jetzt, nachdem es die Bürgerinitiative nicht mehr gab, dafür zuständig war. Federica vermutete, dass die Halle der Stadt gehörte, weil sie Teil des Schlachthofs war, und rief in einem Anfall von naiver Gutgläubigkeit bei der Stadtverwaltung an. Natürlich hätte sie es wissen müssen. Niemand, der seine fünf Sinne beieinander hat und nicht jemanden kennt, der jemanden kennt, ruft freiwillig bei der römischen Stadtverwaltung an. Es kam, wie es kommen musste: Sie sprach mit unzähligen gelangweilten, bisweilen grob unhöflichen, meistens aber schlicht und ergreifend ahnungslosen Sachbearbeitern, die sie weiterverwiesen, in Warteschlangen hängten oder einfach auflegten. Eine Information erhielt sie trotz mehrmaliger Versuche nicht. Nach längerem Zögern und weil sie überhaupt nicht weiterkam, wagte sie es schließlich, Mimmo bei einem Abendessen im *Il Piccio* von ihren Büchereiplänen zu erzählen, und sie bat ihn um einen Rat. Sie hatte sich schon überlegt, persönlich bei der Stadtverwaltung vorstellig zu werden. Wenn sie vor einem Beamten stand, müsste er doch tätig werden. Mimmo riet ihr jedoch auf das Heftigste davon ab. Für einen Besuch in der Stadtverwaltung bräuchte sie nicht nur ein Lebensmittelpaket für mindestens eine Woche, sondern auch einen Wollfaden wie für das Labyrinth des Minotaurus und vor allem Verbündete, um ihre Rettung zu organisieren, falls sie in einem der Büros die Nerven verlieren sollte, was durchaus schon vorgekommen sei. Laut Mimmo hatte Franz Kafka seinen Roman »Der Prozess« verfasst, nachdem er versucht hatte, bei der römischen Stadtverwaltung einen Stempel zu erhalten, den er brauchte, um ein Formular zu erhalten, das er brauchte, um ein anderes zu beantragen. Er habe damals gerade noch gerettet werden können. Und wenn es nicht so gewesen war, hätte es durchaus so gewesen sein können. Die Geschichte brachte Federica zum Lachen wie alle von Mimmos Geschichten, und sie versprach hoch und heilig, diesen Ort des Grauens niemals aufzusuchen. Mimmo versprach seinerseits, eine Lösung für Federicas Problem zu finden. Was er auch tat. Eines Tages stand er mit einem groß gewachsenen dunkelhäutigen Mann in einem bunten Kittelgewand vor ihrer Tür, stellte ihn als Joseph Kédougou vor und meinte, sie würden ihr helfen, die Bücherei »auf Vordermann« zu bringen. Dazu hielt er ein Blatt Papier in die Höhe, das höchst offiziell aussah, mit mehreren Gerichtsmarken beklebt und mit Stempeln der Stadt versehen war und besagte, dass die Bürgerinitiative NOI! INSIEME! die Erlaubnis hatte, in der Halle N° 24 eine Bücherei zu betreiben. Er habe eines der früheren Mitglieder aufgetrieben, und das habe die Erlaubnis noch in seinen Unterlagen gehabt. Wenn Federica die Bücherei nun quasi als Nachfolgerin der Initiative weiterführen wollte, stünde dem nichts entgegen. Federica fiel vor Freude ihm sowie dem Unbekannten um den Hals, und sie machten sich auf den Weg zur Bücherei. Der Umstand, dass jener ehemalige Bürgerinitiativler zwar das Dokument, nicht jedoch den Schlüssel aufbewahrt hatte, wurde mittels eines einfachen Brecheisens gelöst. Mimmo gelang es, noch ein paar Freunde, darunter auch Martino, den Legionär, zu rekrutieren, und gemeinsam brachten sie den desolaten Raum wieder in einen vorzeigbaren Zustand. Joseph und Martino nutzten die Wiederbelebung der Halle auch gleich für ihre Zwecke, Martino richtete sich im leer stehenden Teil ein Atelier ein, und Joseph zog einfach ein. Neben zwei Pappkisten voll mit Ware brachte er nach und nach drei verbeulte Koffer, eine Matratze, mehrere Decken, einen Gebetsteppich, einen Campingkocher und einen CD-Spieler mit, auf dem er den ganzen Tag französisch-afrikanischen Rap und orientalische Gesänge hörte, bis Martino anfing, sich wie unter Qualen zu winden, und behauptete, wenn er noch eines von diesen Schlangenbeschwörerliedern hören müsse, würde er sich in eine Königskobra verwandeln und Jo in den Hals beißen. Diese Warnung genügte, und fortan hörten sie bei der Arbeit nur noch Radio Due.

Dann war die Arbeit getan, und aus dem verstaubten Kabuff war ein heller, fröhlicher Raum geworden. Martino, der ein handwerkliches Allroundtalent war, hatte die Fenster neu verglast, gemeinsam hatten sie die Wände gestrichen, den Fußboden geschrubbt und den Vorplatz von Unrat und Unkraut befreit. An einem heißen Sonntagmorgen waren Federica und Mimmo auf den Flohmarkt an der Porta Portese gewesen und hatten ein paar Stühle, Lampen, einen Tisch und diversen Kleinkram besorgt, um das Ganze wohnlicher zu gestalten. Federica hatte schließlich noch das Schild abgenommen und Martino gebeten, ein neues zu malen. Abgesehen davon, dass ihr »Schlachthof-Bücherei« zu fantasielos war, hatte sie es für angemessen befunden, mit einem neuen Namen ein Signal für den Neuanfang zu setzen. Sie taufte die Bücherei *Libreria Due Mondi*, *Zwei Welten*, und Martino schrieb den neuen Namen in goldenen Buchstaben auf blauen Grund und malte gleich noch ein paar seiner großnasigen, struppigen Kobolde daneben.

Dann konnte Federica beginnen, ihre neue Bücherei zu bestücken. Sie tat es langsam und mit Bedacht, was nicht daran lag, dass sie Schwierigkeiten hatte, passende Bücher zu finden, sondern daran, dass ihr meist das Geld fehlte, sie zu kaufen. Es gab nur eine sehr begrenzte Anzahl von zwei, drei neuen Büchern in jedem Monat, ein wenig aufgestockt durch antiquarische Exemplare vom Flohmarkt, daher blieb der Bestand überschaubar. Und so blieben es auch die Besucher. Federica hatte zwar Flyer gemacht und überall im Viertel ausgelegt, sie hatte zur Eröffnung einen Tag der offenen Tür organisiert und Kuchen gebacken, doch das Interesse war mäßig gewesen. Einige Nachbarn hatten zwar vorbeigeschaut, Kuchen gegessen und Kaffee getrunken, doch die meisten waren nicht wiedergekommen. Ab und zu verirrte sich mal jemand herein und blätterte in den Büchern, manchmal wurde sogar eines ausgeliehen, allerdings selten wieder zurückgebracht, und meistens blieb Federica allein in ihrer Bücherei und war sich selbst die beste Kundin. So kam sie davon ab, Bücher zu kaufen, die ihre Nachbarn interessieren könnten, sondern besorgte nur noch Bücher, die sie selbst interessierten. Jeden Nachmittag setzte sie sich vor die Halle, auf einen der Flohmarktstühle, oder, wenn es zu heiß dafür war, nach drinnen auf das alte Sofa, das Mimmo noch angeschleppt hatte, und las. Es war wie in ihrer Kindheit: Sie versteckte sich zwischen zwei Buchdeckeln, verschwand in den Geschichten, versank in den Abenteuern, die ihre Helden erlebten, und träumte von anderen Welten. Wären nicht Joseph und Martino aus dem anderen Teil der Halle manchmal vorbeigekommen, um mit ihr zu plaudern und ihr einen *caffè* und ein Sandwich vorbeizubringen, hätte Federica Schwierigkeiten gehabt, aus den Geschichten überhaupt jemals wieder aufzutauchen. So aber hob sie, anfangs unwillig, ihren Blick aus den Büchern zu Joseph und Martino, wechselte ein paar Worte mit ihnen, trank ein Tässchen Espresso und kehrte langsam wieder in die Realität zurück. Gegen acht Uhr schloss sie die Bücherei ab und ging am Tiber entlang nach Hause in ihre Dachwohnung, aß etwas und legte sich ins Bett, um nachts um drei Uhr wieder aufzustehen und sich für die Arbeit bei der Post fertig zu machen. Es war ein ruhiges, stilles Leben inmitten dieser lärmenden Stadt, und es war genau das Leben, das sie sich ausgesucht hatte. So sagte sie sich und war zufrieden damit. Die Tage und die Nächte bargen keine Überraschungen und kaum Schwierigkeiten. Auch wenn die Besucherzahlen noch sehr zu wünschen übrig ließen, liebte sie ihre Bücherei. War es ihr doch gelungen, damit etwas von der Magie ihrer Kindheit wieder aufleben zu lassen. Und nicht nur das: Auch das Gefühl von Schutz und Geborgenheit, das sie empfand, wenn sie ein Buch aufschlug und zu lesen begann, war an keinem Ort so stark wie in der *Libreria Due Mondi*. Und die Besucher würden kommen. Irgendwann. Sie würden kommen, sich von Federica ein Buch empfehlen lassen und es mit nach Hause nehmen. Wenn sie es zurückbrachten, würden sie sagen: »Das war eine gute Empfehlung, Federica! Dieses Buch hat mich glücklich gemacht.« Aber noch waren sie nicht so weit. Die meisten Bewohner des Testaccio wussten nicht, dass Geschichten glücklich machen konnten. Sie waren mit zu vielen Problemen beschäftigt, um zu lesen. Aber das würde sich ändern. Bald. Irgendwann. Das sagte sie auch Mimmo jedes Mal, wenn er vorsichtig nachfragte, ob es denn Sinn machte, die Bücherei nach fast zwei Jahren immer noch jeden Tag geöffnet zu haben, obwohl niemand kam. Dann entgegnete Federica, dass, wenn sie geschlossen habe, erst recht niemand kommen würde, und darauf wusste Mimmo nichts zu erwidern und sagte nichts mehr.

Die Realität war ein Spielverderber, das war Federica schon immer klar gewesen. Doch sie würde sich das Spiel nicht verderben lassen.

FÜNF

Kehren wir zurück zu jenem heißen Junitag, an dem unsere Geschichte ihren Anfang nahm. Nach ihrer Plauderei mit Martino, dem Legionär, aß Federica zu Mittag. Es war zu heiß, um etwas Warmes zu essen, so machte sie einen Salat und schnitt sich dazu eine dicke Scheibe buttrigen *taleggio* ab. Das Thermometer in ihrer Küche zeigte siebenunddreißig Grad an, und die Luft war wie ein heißes Tuch. Federica legte sich mit weit ausgestreckten Armen und Beinen auf ihr Bett und betrachtete die flirrenden Streifen, die die Sonne durch die Schlitze der Fensterläden an die Wand warf. Von unten war das leise, klappernde Dröhnen der Klimaanlage der Trattoria zu hören. Sie schloss die Augen und fiel fast augenblicklich in einen ohnmachtsähnlichen Schlaf. Es war zwölf Uhr. In der Stunde des Mittagsdämons tat man gut daran, sich zurückzuziehen in das Dämmerlicht verdunkelter Zimmer, um hinter geschlossenen Fensterläden und Türen zu warten, bis er vorüberzog. Seit jeher fürchtete man in den heißen Gegenden rund um das Mittelmeer die Mittagszeit als unheilvoll und gefährlich. Mit dem höchsten Stand der Sonne, der Stunde ohne Schatten, schien die Zeit zum Stillstand zu kommen, das Herz wurde träge, und alle Lust am Handeln schwand. Mit dem

Mittagsdämon war nicht zu spaßen. Die einen machte er traurig, lustlos und matt, andere aber wiederum wurden unruhig, gereizt und nicht selten böse. Und während Federica das einzig Richtige tat und sich dem unheilvollen Einfluss des Mittagsdämons mithilfe des Schlafes entzog, traf er andere, nicht weit von Federicas Dachwohnung entfernt, mit voller Wucht.

Ein paar gelangweilte Jugendliche, einem Rudel streunender Hunde gleich, zogen die Via Marmorata entlang in Richtung U-Bahn. Sie kickten leere Dosen vor sich her, schubsten sich gegenseitig und schauten sich mit hungrigen Augen um. Sie suchten Ärger. Ärger, der ihnen ein bisschen Adrenalin durch die Adern pumpte und sie fühlen ließ, dass sie noch am Leben waren, dass jemand sie wahrnahm, und wenn es nur war, um ihnen *figli di puttana*, *Hurensöhne*, hinterherzurufen. Doch niemand rief, denn es war niemand da. Die Geschäfte waren über Mittag geschlossen, die schweren Eisenjalousien heruntergelassen. Es gab nichts außer Hitze, Staub und dem Gestank der Mülltonnen, deren Inhalt in der brütenden Sonne vor sich hin gärte. Auch in den Gehirnen der Jugendlichen begann es zu gären, und die Energie, die dabei entstand, wollte nach draußen, suchte ein Ventil. Da sahen sie die Katze. Eine schwarze Katze, die klein und mager vor einem Hauseingang kauerte. Sie hatte von irgendwoher ein Stück Pizza ergattert und war damit beschäftigt, es in großen Fetzen hinunterzuwürgen. Deshalb bemerkte sie das Unheil zu spät. Die Jugendlichen blieben stehen. Als die Katze erschrocken ihren Kopf hob, begannen sie zu lachen: Sie hatten ein Opfer gefunden. Einer hob eine zertretene Colabüchse auf und warf sie nach der Katze, um sie zurück in den Hauseingang zu drängen. Die Büchse verfehlte das Tier, erzielte aber dennoch die gewünschte Wirkung. Die Katze sprang auf und wich zurück, tiefer in den Eingang hinein. Die Jugendlichen formierten sich. Als sie bemerkten, dass ihr Opfer sich seltsam bewegte und dies daran lag, dass es nur drei Beine hatte, johlten sie entzückt auf. Eine Spastkatze, da machte es doch keinen Unterschied, wenn man ihr noch ein Bein ausriss. Sie drängten sich zu viert in den Hauseingang, eng beieinander, schwitzend vor Hitze und geil auf den Kick, den sie gleich haben würden. Die Katze wich weiter zurück, drückte sich in eine Ecke, mit angstvoll aufgerissenen Augen. Ihr Schwanz zuckte. Einer der Jugendlichen warf einen brennenden Zigarettenstummel nach dem Tier. Er traf die Katze am Rücken, und sie machte einen Satz nach vorn, wo er schon tief gebückt wie ein Raubtier auf sie wartete. Er griff blitzschnell zu, wollte das Tier an der Kehle packen, doch er griff ins Leere. Die Katze war im letzten Moment ausgewichen und hieb ihm mit einem verzweifelten, angsterfüllten Fauchen ihre Krallen ins Gesicht. Er schrie auf, fasste sich an die Wange und spürte das Blut. Die Katze nutzte den Moment, schlug einen erstaunlich geschickten Haken zwischen den Beinen des Jugendlichen hindurch und rannte hinaus. Alle bis auf den Verletzten, der sich fluchend seine blutende Wange hielt, fuhren herum und nahmen die Verfolgung auf. In heller Panik sprang das Tier auf die Straße. Bremsen quietschten, es gab einen dumpfen Schlag, und das Auto geriet ein wenig ins Schlingern. Die Katze wurde wie ein Bündel Stoff durch die Luft geschleudert und blieb reglos im Rinnstein liegen. Der Autofahrer warf einen hastigen Blick aus dem Fenster, dann gab er Gas und fuhr rasch weiter.

»Krass«, murmelte einer der Jugendlichen, spuckte einen Tabakkrümel auf das Pflaster und wandte sich dann gleichgültig wieder seinen Freunden zu, die, ihres Opfers beraubt, unschlüssig herumstanden. Derjenige, der gekratzt worden war, wischte sich mit dem Zipfel seines T-Shirts über die blutende Wange. Er wusste es noch nicht, aber die dünnen Kratzer waren tief, und sie würden sich entzünden. Der Straßenschmutz, den die kleine Katze an ihren Krallen gehabt hatte, war schon in die Blutbahn gedrungen und würde in wenigen Tagen böses Fieber und Eiter verursachen. Wenn der Junge klug genug war, um rechtzeitig zum Arzt zu gehen, und der Arzt sich die Mühe machte, genau hinzusehen, würde er ein Antibiotikum bekommen, und das würde ihm das Leben retten. Wenn nicht, wäre er einer der ungefähr sechziggtausend Menschen, die pro Jahr in Italien an einer Blutvergiftung starben. Der Junge fluchte, weil die Blutung nicht versiegen wollte und sein T-Shirt verschmutzte. Die anderen lachten. Dann gingen sie weiter, einem Rudel wilder Hunde gleich, auf der Suche nach Ärger.

Das hätte das Ende der mageren, dreibeinigen Katze sein können. Wäre es auch gewesen, so wie für viele andere Katzen in der Stadt, wenn es nicht in der Via del Arcangelo neben Federica Mazzanti noch einen zweiten Menschen gegeben hätte, der eines Tages beschlossen hatte, sein Herz an eine gänzlich aussichtslose Sache zu hängen. Als die Katze vor das Auto lief, hatte Flavia Buonacuore ihren Einkaufswagen bereits vollgepackt und war losgegangen. Jeden Tag schob sie den klappernden Wagen, den sie sich vor langer Zeit von dem kleinen Supermarkt an der Ecke ausgeliehen hatte, von ihrer Wohnung bis zur Pyramide des Cestio, die das äußerste westliche Ende des Testaccio markierte. Man wusste nicht viel über Gaius Cestius Eupolonius, einen römischen Beamten, der sich im ersten Jahrhundert vor Christus eine über dreißig Meter hohe Pyramide als Grabmal hatte bauen lassen und so für die Nachwelt unsterblich geworden war. Wahrscheinlich war er ein Verrückter gewesen. Zu allen Zeiten waren es die Verrückten, diejenigen, die etwas aus der Spur liefen und sich und die Welt mit anderen Augen sahen, an die man sich später noch erinnerte. Und so gesehen passte die Pyramide sehr gut zu dem Viertel, an dessen Rand sie stand: Auch das Testaccio war ein Ort, an dem sich Verrückte und Menschen, die die Welt mit anderen Augen sahen, wohlfühlten. Flavia Buonacuore war ein solcher Mensch. Die meisten hielten sie für komplett meschugge, eigentlich alle, außer sie selbst. Sie wusste, dass sie nicht verrückt war. Sie war Schauspielerin. Eine Schauspielerin, die damals, in den 1960er Jahren, den aufregendsten Zeiten des italienischen Films, mit den bedeutendsten Regisseuren dieser Zeit gedreht hatte. Sie hätte groß werden können, würde noch heute drehen, wenn man sie gelassen hätte. Doch die unheilvollen Kräfte, die dem einen Regisseur, den sie wie keinen geschätzt, verehrt, ja geradezu angebetet hatte, das Leben gekostet hatten, hatten sich auch gegen sie verschworen und so bekam sie nach seiner Ermordung keine Rollen mehr. Nicht nur das: Sie hatte ebenfalls um ihr Leben fürchten müssen. Es hatte unmissverständliche Warnungen gegeben. Zu nah war sie ihm gestanden, zu viel hatte sie gewusst von den Dingen, die nach Ansicht gewisser Kreise besser im Dunkeln blieben. So war sie untergetaucht und unter falschem Namen in dem Gedränge und Gelärme jener Stadt verschwunden, in der sie hätte berühmt werden können. Einzig ein alter Freund, Schriftsteller und Römer aus Leidenschaft, hatte sich an sie erinnert, wusste noch, dass es sie einmal gegeben hatte. Und einzig ihn hatte sie in ihr neues, ihr unsichtbares Leben gelassen. Wenn er in der Stadt gewesen war, hatte sie ihn regelmäßig in seiner Wohnung am nördlichen Tiberufer besucht. Bis zu seinem Tod. Nie hatte sie diese Verabredungen vergessen, sie, die sonst alles vergaß, mitunter sogar ihre Schuhe oder den Hut. Lange Abende waren sie zusammen auf seiner Terrasse gesessen, hatten über den goldenen Fluss geschaut, geraucht und geredet. Meist war es um die Vergangenheit gegangen, um Erinnerungen und hin und wieder auch um seine Romane. Sie hätte gerne einmal eine Figur aus einem seiner Bücher gespielt, damals. Doch das Leben war anders gelaufen, und jetzt war sie alt, schon über siebzig, und der Freund war längst tot. Kaum einer erinnerte sich noch an seine Bücher. Und niemand erinnerte sich mehr an sie. Alle waren tot, nur sie war übrig geblieben, als eine andere, mit schäbigen Röcken und mehreren Blusen, die um ihren mageren Körper schlotterten, die einstmals vollen schwarzen Haare grau und spärlich, in einem räudigen Orange gefärbt, einen zerdrückten Hut auf dem Kopf. Was ihr geblieben war, war ihr großes Herz. Und da es nichts gab, woran sie es hängen konnte, keine Familie, keine Kinder, nur noch Erinnerungen, die sie nicht haben wollte, hängte sie es an die Katzen von Rom. Die Katzen von Rom waren es wert, dass man sie liebte, auch wenn das nicht alle so sahen. Rund dreihunderttausend gab es in der Stadt, und sie waren allesamt etwas Besonderes. Mit ihren eigensinnigen, sturen Katzenherzen hingen sie an den alten Ruinen der Stadt, stromerten zu Hunderten zwischen römischen Säulenresten herum und lagen auf antiken Mauern träge in der Sonne, ganz so, als hätte das römische Imperium einzig und allein zu dem Zweck existiert, um den streunenden Katzen ein angemessenes Heim zu bieten. Nicht zu übersehen war allerdings auch das Elend der stillen Okkupanten, die allein schon aufgrund ihrer immer weiter wachsenden Zahl kaum noch etwas zu fressen fanden und auf mildtätige Gaben alter, verrückter Frauen wie Flavia Buonacuore angewiesen waren. Deshalb wanderte sie jeden Tag mit ihrem Einkaufswagen, der mit Plastikschüsseln voller Spaghetti beladen war, zur Pyramide des Cestio, um dort ihre Lieblinge zu füttern.

Die Katzen kamen angelaufen, sobald sie das Klappern des Einkaufswagens hörten, strichen um ihre knochigen Beine, die meistens in alten Hausschuhen steckten, rieben ihre spitzen Köpfe an ihren Waden und schnurrten Dankesworte. Auch heute ging Flavia ihren üblichen Weg zur üblichen Zeit. Sie hatte nach einigen Experimenten herausgefunden, dass die Mittagszeit die beste Zeit war, um ihre Schützlinge zu füttern, weil es dann am stillsten war. Wie ausgestorben lag die Pyramide im grellen Sonnenlicht, es gab keine Führungen und kaum Touristen, vor allem aber keine Liebespaare und keine der kleinen, schäbigen Drogendealer, die sich an den Abenden bis spät in die Nacht hinein in dieser Gegend herumdrückten. Im Schatten der Mauer kippte sie ihre Schüsseln aus und sah den Katzen eine Weile zu, wie sie sich über die kalten Spaghetti hermachten. Es gab kaum Gerangel, kaum Gefauche, dafür sorgte Flavia, indem sie ihnen Lieder vorsang, die ihre Gier und ihre Angst, zu kurz zu kommen, besänftigten. Meist waren es alte Schlager, Lieder, an die sich kaum einer mehr erinnerte. Das Singen war einer der Gründe, warum die Leute des Viertels und die wenigen Touristen, die ihr ab und an begegneten, sie für meschugge hielten. Ein anderer Grund waren ihre Hausschuhe und die Tatsache, dass sie manchmal vergaß, sie anzuziehen. Überhaupt vergaß sie eine Menge. Ein paar Mal war es ihr sogar schon passiert, dass sie im Nachthemd zu den Katzen gegangen war. Doch das lag daran, dass sie mehr als die Hälfte ihres Lebens alles unternommen hatte, um zu vergessen und vergessen zu werden. Da brauchte man sich nicht wundern, wenn die Vergesslichkeit mit der Zeit um sich griff und auch Dinge mitnahm, die man sich eigentlich merken sollte. Aber im Grunde kümmerte sie all das nicht sehr. Es war nicht wichtig, ob man einen Mantel trug oder ein Nachthemd, solange man die Katzen nicht vergaß. Es war ihr auch egal, was die Leute dachten. Sie kannten sie ja nicht. Wenn überhaupt, kannten sie nur Flavia Buonacuore, und das war nicht sie, sondern nur eine Rolle, die sie spielte. Als die Katzen mit ihrem Mittagessen fertig waren und Flavia die Schüsseln sorgfältig wieder eingesammelt hatte, entschied sie, nicht den üblichen Weg zurückzugehen, sondern einen Abstecher auf die Via Marmorata zu machen und sich dort in der Bar ein Eis zu kaufen. Das tat sie hin und wieder. Sie mochte Fruchteis, vor allem Zitrone und Orange. Es erinnerte sie an Neapel, wo sie geboren und aufgewachsen war. Dort hatte es das beste Orangen- und Zitroneneis der Welt gegeben. Da konnte kein anderes Eis mithalten, schon gar nicht das im hochmütigen Rom. Aber das Zitroneneis bei Raffi in der Bar war in Ordnung, es war jedenfalls besser als gar kein Eis.

Flavia Buonacuore jedoch kam nicht dazu, sich ein Eis zu kaufen, denn noch bevor sie die Bar erreicht hatte, entdeckte sie im Schmutz und Abfall am Straßenrand ein regloses schwarzes Bündel und blieb stehen.

Die kleine dreibeinige Katze hatte in ihrem unsteten und gefahrvollen Streunerdasein bereits sechs ihrer sieben

Leben verloren, und als Flavia sie entdeckte, war von ihrem siebten und letzten Leben kaum noch etwas übrig. Es flackerte nur noch wie eine kleine Flamme kurz vor dem Erlöschen. Voller Ungeziefer, krank, unterernährt und fast tödlich geschwächt, hatte sie keine Kraft mehr gehabt, sich irgendwohin in Sicherheit zu bringen und ihre Wunden zu lecken, und so war sie einfach neben dem Randstein liegen geblieben, ein rabenschwarzes Häuflein Elend, mehr tot als lebendig.

Es gibt keine Zufälle in der Unendlichkeit, alles, was geschieht, ist Ursache und Wirkung zugleich, und so war es auch kein Zufall, dass in dem Moment, in dem das siebte Leben der kleinen Katze zu verlöschen begann, Flavia Buonacuore die Straße entlangkam und sie entdeckte. Sie betrachtete das reglose Tier einen Augenblick, dann beugte sie sich zu ihm hinunter. Die Katze hob den Kopf nur ein paar Millimeter, doch es genügte, um zu signalisieren, dass sie noch am Leben war. Flavia fing an, ein Lied zu summen, *O surdato 'nnamurato*, ein altes neapolitanisches Volkslied, hob die Katze mit unendlicher Behutsamkeit hoch und legte sie in den Einkaufswagen. Das Tier regte sich nicht und ließ es auch geschehen, dass Flavia um sie herum die leeren Schüsseln zusammenstellte, zwei ihrer vielen Blusen auszog, sie in dem Wagen ausbreitete und die Katze schließlich darauf bettete. Dann ging sie, noch immer leise summend, weiter und schob dabei den Einkaufswagen so vorsichtig vor sich her, als befände sich eine Ladung Nitroglyzerin darin.

Es dauerte etwa eine Viertelstunde, bis sie den großen, schmutzig-ockerfarbenen Wohnblock in einem Seitenwinkel der Via del Arcangelo erreichte, in dem sich im dunklen Erdgeschoss zum Hinterhof hin das vergitterte Fenster zu ihrer Wohnung befand. Man konnte es schon von Weitem sehen, denn Flavia hatte ein paar Kräuter- und Geranientöpfe zwischen die rußig-schwarzen Gitterstreben, die die meisten Fenster hier im Erdgeschoss sicherten, geklemmt. Sie gediehen allerdings nur mäßig, da das Licht von oben kaum bis hierher reichte. An einem der Gitterstäbe hing außerdem auf einem verbogenen Kleiderbügel eine ihrer Blusen, die sie nach dem Waschen im Spülbecken dort zum Trocknen aufgehängt hatte. Die Abgase der zahllosen römischen Autos, die die Luft verpesteten, führten zwar dazu, dass die gewaschene Kleidung sofort wieder eine graue Färbung annahm, aber sie war trotzdem immer noch sauberer als vor dem Waschen. Im Übrigen sah das Flavia, die weder über einen Keller noch einen Platz auf dem Dach verfügte, wo sie die Wäsche aufhängen konnte, gezwungenermaßen nicht so eng. Es gab wichtigere Dinge als saubere Wäsche. Unvermittelt blieb sie stehen. Ihr war plötzlich etwas besonders Wichtiges eingefallen: Sie durfte keine Katzen mehr mit in ihre Wohnung nehmen. Ihr Vermieter, Ettore Pavon, hatte es ihr verboten, als eines Tages die Leute vom Tierschutz gekommen waren. Dabei waren die Tiere alle in einwandfreiem Zustand gewesen, das hatten sie ihr sogar schriftlich gegeben, nachdem sie alle mitgenommen und untersucht hatten. Zurückbekommen hatte sie ihre Katzen allerdings trotzdem nicht mehr. Dennoch war es von großer Bedeutung für sie: *In einwandfreiem Zustand* hatte in dem Brief gestanden. Schwarz auf weiß. Der Brief hing bei ihr in der Küche an der Wand, neben dem heiligen Foto. Diese beiden Dinge waren ihre größten Schätze. Sie hatte den Brief natürlich auch ihrem Vermieter gezeigt, hatte immer wieder mit dem Finger auf die entscheidende Zeile gehämmert, aber es hatte nicht geholfen. Pavon, dieses Arschgesicht, hatte ihr trotzdem verboten, jemals wieder eines »dieser Mistviecher« mit nach Hause zu bringen. Er meinte, der Zustand dieser rattengesichtigen Plagegeister, wie er sie nannte, kümmere ihn einen Scheiß, ihn interessiere nur der Zustand der Wohnung und der sei indiskutabel gewesen. Es habe gestunken wie im Katzenasyl am Largo Argentino. Nun, vielleicht hatte sie es auch etwas übertrieben. Fünfzehn Katzen waren zu viel für eine Einzimmerwohnung mit nur einem vergitterten Fenster, das musste sogar sie zugeben. Aber die Katzen waren nun einmal krank gewesen, und sie hatte auch nicht immer rechtzeitig daran gedacht, wie viele schon bei ihr zu Hause wohnten, bevor sie eine neue mitgebracht hatte. So wie heute. Doch jetzt war es ihr wieder eingefallen. Pavon hatte ihr mit fristloser Kündigung gedroht, für den Fall, dass er sie noch einmal mit einem vierbeinigen Vieh in ihrer Wohnung erwischen würde. Nun hatte diese bedauernswerte Kreatur, die in ihrem Einkaufswagen lag, zwar keine vier, sondern nur drei Beine, aber Flavia Buonacuore ahnte, dass das in den Augen Pavons keinen

Unterschied machen würde. Sie würde auf der Straße landen, wenn er die Katze entdeckte. Und er würde sie entdecken. Er schnüffelte immer herum, und Flavia wusste, dass er sich auch in ihre Wohnung schlich, wenn sie nicht da war. Auf diese Weise hatte er ihre geringfügig überfüllte Krankenstation entdeckt. Doch sie musste ja ab und zu aus dem Haus gehen, um die anderen Katzen zu füttern. Flavia Buonacuore wusste nicht mehr weiter. Sie warf einen Blick auf das reglose schwarze Fellbündel in ihrem Einkaufswagen und biss sich auf die Lippe. Was sollte sie nur tun? Als sie hörte, wie im Innenhof eine Tür zugeschlagen wurde und Schritte sich näherten, nahm sie ihren Einkaufswagen und ging langsam und so unauffällig wie möglich die Straße weiter in Richtung alter Schlachthof. Pavon durfte sie nicht sehen. Niemand durfte sie sehen. Sie musste sich unsichtbar machen, musste wieder einmal verschwinden …

SECHS

Nach ihrem Mittagsschlaf sperrte Federica auch an diesem Tag pünktlich um vier Uhr die Bücherei auf. Es war unverändert heiß und stickig, und sie ahnte schon, dass wieder niemand kommen und sich ein Buch ausleihen würde. Seit einiger Zeit allerdings drückten sich vor der Halle zwei Kinder herum, ein etwa fünfjähriges Mädchen und ein um einige Jahre älterer Junge. Sie kamen offenbar auf ihrem Rückweg vom nahen Schulzentrum vorbei, in dem es eine Grundschule, eine Vorschule und einen Kindergarten gab. Immer waren sie allein, und immer hielt der Junge das Mädchen fest an der Hand. Vor der Tür zur *Libreria* blieben sie ernst blickend und in respektvollem Abstand stehen. Anfangs hatte Federica sie anzusprechen versucht, doch jedes Mal, wenn sie ein Wort an sie gerichtet hatte, waren sie davongelaufen wie die Hasen, nur um am nächsten oder übernächsten Tag wieder stehen zu bleiben und stumm die rote Tür anzuschauen. Jetzt schenkte ihnen Federica nur noch ein freundliches Lächeln, das nie erwidert wurde, sie aber wenigstens nicht zu erschrecken schien. Sie hatte auch extra neue Kinderbücher besorgt, damit sie vorbereitet war, wenn die beiden es einmal wagen würden, ein paar Schritte näher zu kommen. Auch heute standen sie wieder da, mit staubigen Schuhen und in zerknitterter Schuluniform. Das Mädchen hatte tiefschwarze, wild zerzauste Haare, eine pinkfarbene Spange in Form einer Erdbeere hing schief in den wirren Strähnen. Die Haare des Jungen waren nur geringfügig heller, sie hatten die Farbe von Bitterschokolade und waren ordentlich gekämmt. Während der bevorstehenden Sommerferien würden die beiden wohl nicht mehr kommen. Und wer weiß, ob sie sich im Herbst noch einmal blicken ließen? Kinder veränderten sich schnell, vergaßen, entdeckten Neues, und da waren drei Monate Ferien wie eine Ewigkeit. Federica verspürte heftiges Bedauern, wenn sie daran dachte, dass sie sie womöglich nie wieder hier sehen würde und es ihr bisher nicht gelungen war, auch nur ein Wort mit ihnen zu wechseln. Ihre Hände glitten über die glänzenden neuen Bücher, die sie für die beiden gekauft hatte, und sie schaute durch die offen stehende Tür nach draußen. Dort standen sie, sich an den Händen haltend, etwa zehn Schritte entfernt, ganz am Rand, wo das Unkraut schon wieder zu wuchern begann. Das Mädchen bohrte in der Nase. Federica nahm ein paar der Bücher, trug sie nach draußen und stellte sie eines nach dem anderen an der Wand auf, sodass man die bunten Buchdeckel mit den Bildern darauf gut erkennen konnte. Ohne die beiden anzusehen, ging sie wieder zurück in die Bücherei. Aus dem Schatten heraus beobachtete sie, was geschah. Zunächst passierte gar nichts. Reglos standen die Kinder da und starrten die Bücher an. Dann nahm das Mädchen den Finger aus der Nase und machte einen Schritt darauf zu. Der Junge hielt sie zurück, aber es schien, als täte er es nur halbherzig. Das Mädchen sah das offenbar ebenso und ging beherzt noch ein paar Schritte weiter, den Jungen an der Hand hinter sich herziehend. Federica senkte den Blick und tat so, als blättere sie in einem Buch, um sie nicht zu erschrecken, aus den Augenwinkeln beobachtete sie sie jedoch weiter. Plötzlich ertönte ein metallisches Knirschen, dazu schlurfende Schritte und ein leises, eintöniges Summen. Die Kinder zuckten zusammen. Der Junge packte das Mädchen fester an der Hand, zog sie zurück, und sie liefen davon. Federica warf ärgerlich einen Blick nach draußen, um zu sehen, was die Kinder verjagt haben mochte, und sah die alte Katzenfrau mit ihrem Einkaufswagen heranschlurfen. Federica kannte sie vom Sehen, jeder hier im Viertel kannte sie, doch sie hatte noch nie mit ihr gesprochen. Rasch zog sie sich noch ein wenig mehr in den Schatten ihrer Bücherei zurück und hoffte, die verrückte alte Frau würde einfach weitergehen, ohne sie zu behelligen. Es reichte ja wohl schon, dass sie mit ihrer Ankunft die Kinder erschreckt hatte. Das Summen und Schlurfen und Knirschen kam langsam näher, und die Frau keuchte so heftig und qualvoll, als sei sie meilenweit gerannt und jetzt am Ende ihrer Kräfte. Federica hörte eine Weile zu, dann überwand sie ihre Scheu und ihren Unwillen und ging nach draußen, um nachzusehen, ob der verrückten Signora etwas fehlte. »Signora? Kann ich Ihnen helfen?«, fragte sie.

Die Katzenfrau blieb stehen. Sie sah nicht gut aus. Ihr Gesicht war grau vor Erschöpfung und glänzte vor Schweiß. Feuchte grau-orangefarbene Haarsträhnen klebten an Stirn und Schläfen. »Ich darf sie nicht mitnehmen«, flüsterte sie keuchend. »Sie wird sterben.« Sie schluchzte auf und begann zu schwanken. Tränen liefen ihr über das Gesicht. Federica eilte erschrocken zu ihr hin und nahm sie am Arm. »Sie müssen in den Schatten, Signora«, sagte sie und führte sie in die *Libreria*. »Lassen Sie den Wagen da stehen …«

»Nein!« Die Frau klammerte sich fast panisch an dem Einkaufswagen fest. Federica hielt es nicht für sinnvoll, mit der Frau zu diskutieren, und bugsierte sie kurzerhand mitsamt dem Einkaufswagen in ihre Bücherei. Dort setzte sie sie auf einen Stuhl und reichte ihr ein Glas Wasser. Gierig trank die Frau und deutete dann auf den Wagen. »Können Sie versuchen, ihr auch etwas zu geben?«

»Ihr?« Federica verstand nicht. Wieder deutete die Frau auf den Wagen, in dem sich ein paar schmutzige Plastikschüsseln und alte Lumpen befanden. Sie sah genauer hin, entdeckte etwas Schwarzes unter dem Stoff hervorlugen. Vorsichtig hob sie einen Zipfel hoch. Es war eine Katze. Eine kleine, magere Katze mit drei Beinen, die dort lag, vollkommen reglos. Wenn man genauer hinsah, erkannte man jedoch, dass sich ihr kleiner Brustkorb langsam hob und senkte. Auf dem Stoff um sie herum waren helle Blutflecken zu sehen.

»Ich habe sie gefunden, im Rinnstein«, keuchte die Katzenfrau erschöpft. »Aber ich darf sie nicht mit nach

Hause nehmen, sonst werde ich hinausgeworfen. Ich weiß nicht, was tun …«

Sie begann wieder zu weinen.

»Wie lange fahren Sie denn schon mit der Katze herum«, fragte Federica und deckte das Tier vorsichtig wieder zu.

»Ich weiß nicht. Seit Mittag … so gegen eins …«

»Über drei Stunden? Sie hätte der Schlag treffen können bei der Hitze!«

»Sie stirbt!«, schluchzte die Frau.

Federica spürte, wie sie nervös wurde. Sie wusste nicht, was sie machen sollte. Man konnte die Frau nicht wieder hinauslassen, sie würde umkippen, einen Hitzschlag bekommen … vielleicht hatte sie schon einen. Und die Katze? Starb sie wirklich? Es sah jedenfalls so aus, als sei sie kurz davor. Wahrscheinlich war sie von einem Auto angefahren worden. Das passierte öfter rund um die Pyramide, wo so viele Katzen herumstreunten. Federica kannte sich mit Katzen nicht aus. Auch nicht mit verrückten alten Frauen. Doch sie musste etwas tun. Jetzt. Sie legte der Frau eine Hand auf den Arm. »Warten Sie hier. Ich bin sofort zurück. Nicht weglaufen.« Die Frau reagierte kaum, schüttelte nur den Kopf und weinte leise vor sich hin. Federica lief nach draußen und um die Halle herum. Hoffentlich waren Jo und Martino da. Sie würden weiterwissen. Doch die Tür zu ihrem Hallenbereich war verschlossen. Beide waren offenbar noch unterwegs, Martino in seiner glänzenden Rüstung und Joseph mit seinem Bauchladen voller bunter Brillen und Gürtel und kleiner Leuchtventilatoren. *Vucumbrà?* nannten viele diese meist aus Afrika stammenden Männer, die in den italienischen Städten und an den Stränden umherzogen und ihre Waren anboten. Es war eine Verballhornung ihrer ständig gebetsmühlenartig wiederholten Frage *Vuoi comprare?*, *Willst du kaufen?*, und ahmte den fremdartigen Akzent nach, mit dem sie sprachen. Oft konnten sie nur ein paar Brocken Italienisch. Joseph war anders, er konnte ziemlich gut Italienisch, doch auch er sprach mit so starkem Akzent, dass Federica anfangs große Mühe gehabt hatte, ihn zu verstehen. Aber wenn man sich daran gewöhnt hatte, war es nicht mehr schwierig. Federica mochte Jo, er war immer gut gelaunt und hatte ihr viel geholfen, als sie die Bücherei wieder zum Leben erweckt hatte. Doch jetzt, als sie ihn brauchte, war er nicht da, und Martino auch nicht. Federica musste selbst eine Entscheidung treffen. Es kam nicht infrage, die alte Frau wegzuschicken. Auch konnte sie ja offenbar mit der Katze nicht zu sich nach Hause. Federica wusste ungefähr, wo die Frau wohnte, nämlich in einem düsteren Hinterhaus in der Via del Arcangelo, dort hatte sie sie jedenfalls manchmal aus einem Hauseingang herauskommen sehen. Federica zupfte an ihrer Unterlippe und blieb unsicher vor der verschlossenen Tür stehen. Das waren Schwierigkeiten. Langsam ging sie zurück und überlegte dabei, ob es nicht irgendeine Geschichte aus einem Buch gab, das sie gelesen hatte, in dem eine Heldin mit einem ähnlichen Problem konfrontiert gewesen war. Doch ihr fiel nichts Vergleichbares ein. Die Probleme ihrer Helden waren meist größer und bedeutsamer als eine verrückte alte Frau und eine halbtote Katze, und meist wussten die Helden sofort, was zu tun war. Sie trafen eine Entscheidung und hielten sich daran. Ohne Zögern und ohne Blick zurück. Die wirklichen Helden jedenfalls, nicht die Zögerer und Zauderer, die Feiglinge und Drückeberger. Federica wollte auch so eine Entscheidung treffen. Eine umsichtige, kluge Entscheidung. Sie blieb noch einmal stehen. Vielleicht sollte sie der Frau erst einmal einen Espresso kochen? Mit viel Zucker, das brachte ihren Kreislauf wieder in Schwung. Zucker und Koffein waren erste Hilfe bei hitzebedingten Kreislaufproblemen. Das predigte ihre Mutter immer, und sie hatte recht damit. Außerdem konnte sie selbst jetzt auch einen starken, süßen *caffè* gebrauchen. Federica kehrte wieder um und hob einen Stein auf, der neben der verschlossenen Hallentür scheinbar zufällig herumlag. Darunter befand sich der Türschlüssel, von Martino und Jo versteckt. Nachdem die beiden schon ein paar Mal ihre Schlüssel verloren, vergessen oder irgendwo verlegt hatten, hatten sie sich darauf geeinigt, ein Exemplar einfach hier zu deponieren. Es gab ohnehin nichts in der Halle, was für Diebe von Interesse gewesen wäre. Federica sperrte auf und ging hinein. Sie erhitzte Martinos Espressomaschine, goss die schwarze, fast sirupartige Flüssigkeit in zwei kleine Tassen, gab je drei Löffel Zucker hinein und ging wieder nach draußen. Es konnte sein, dass sie sogar noch ein oder zwei verpackte Milchbrötchen bei sich in der Schublade hatte und

Nutellapäckchen aus der Pension. Sie könnte der Frau ein Schokobrötchen schmieren, und dann würde man weitersehen, was mit der armen Katze zu unternehmen war.

Als sie die *Libreria Due Mondi* betrat, war diese verlassen. Die Frau war verschwunden, ebenso der Einkaufswagen. Federica stellte die Kaffeetassen ab und lief nach draußen, doch auch hier war niemand zu sehen. Der staubige Vorplatz und die Straße waren menschenleer. Sie ging trotzdem noch ein paar Schritte die Straße entlang, schaute in beide Richtungen, aber von der alten Frau war keine Spur mehr zu sehen. Irritiert kehrte sie um. Warum hatte die Frau nicht auf sie gewartet? Warum war sie einfach gegangen, obwohl sie nicht gewusst hatte, wohin? Das war unvernünftig von ihr gewesen. Sie hätte nur ein paar Minuten warten müssen. Aber sie war verrückt, und Verrückte verhielten sich in den seltensten Fällen vernünftig. Das war ja gewissermaßen das Wesen der Verrücktheit. Auch wenn Federica, wie sie sich beschämt eingestand, Erleichterung darüber verspürte, dass diese Schwierigkeit, die so unverhofft in ihr Leben getreten war, ebenso unverhofft wieder verschwunden war, blieb ein gewisses Unbehagen zurück. Der Frau war es erkennbar nicht gut gegangen, sie war erschöpft und verzweifelt gewesen, und die arme kleine Katze … Federica war wieder vor ihrer Bücherei angekommen und blieb unvermittelt stehen. Von den Büchern, die sie für die beiden Kinder weit sichtbar aufgestellt hatte, fehlten zwei. Ein

Bilderbuch und das Märchenbuch. Wieder sah sie sich um. Doch es war still und leer um die Bücherei herum. Die Nachmittagssonne brachte die öde Umgebung zum Leuchten. Mit ihren schon etwas schräg fallenden Strahlen gab sie dem trockenen Gestrüpp und den rötlichen Steinbrocken, die um die Halle herumlagen, die Farben zurück, die sie ihnen über Mittag geraubt hatte, ebenso den tristen Häusern der Umgebung, die jetzt satt ockerfarben, terrakottarot und sahnegelb leuchteten, so als wären sie frisch gestrichen worden. Federica drehte sich um ihre Achse, blickte sich um, aber auch von den Kindern war nichts zu sehen. Sie wusste nicht, ob es die beiden gewesen waren, die sich die Bücher genommen hatten, oder die alte, verrückte Frau, doch eigentlich spielte es keine große Rolle. Sie würde es nicht erfahren, und sie würde die Bücher auch nicht zurückbekommen. Von einer plötzlichen Traurigkeit erfasst, hob sie die restlichen Bücher vom Boden auf und trug sie zurück in die Bücherei. Vielleicht hatte Mimmo recht, und es war wirklich alles sinnlos, was sie tat. Niemand interessierte sich hier für Bücher, und wenn doch, dann wurden sie ihr gestohlen. Sie blinzelte, als sie in den dunklen Raum trat, und nahm sich eine der Kaffeetassen. Der Espresso war nur noch lauwarm, sie trank ihn jedoch trotzdem. Dann nahm sie die zweite Tasse und trank sie ebenfalls leer. Als sich ihre Augen wieder an das diffuse Dämmerlicht gewöhnt hatten, bemerkte sie etwas, was zuvor nicht da gewesen war: Ein Bündel Lumpen lag auf dem alten, durchgesessenen Sofa zwischen den Bücherregalen. Eine böse Ahnung stieg in ihr auf. Sie ging zu dem Bündel und hob einen Zipfel hoch, der sich, bei genauerem Hinsehen, als der Ärmel einer alten Bluse entpuppte. Dort lag, noch immer reglos und schwer atmend, die kleine schwarze Katze, daneben ein irgendwo herausgerissener Zettel, auf dem mit krakeliger Schrift geschrieben stand: *Prenditi cura!*, *Kümmere dich!*

Es war keine Bitte, es war ein Befehl.

SIEBEN

Federicas Hände zitterten, als sie die hauchdünnen Seiten des schweren Telefonbuches, das auf ihren Knien lag, umblätterte und mit dem Zeigefinger die endlosen Spalten unter V entlangfuhr. Sie suchte das Wort *veterinario*. Einen Tierarzt in der Nähe. Sie hatte vergeblich versucht, der Katze etwas Wasser einzuflößen, hatte ihr sanft über den Kopf gestreichelt, und als das Tier dabei kurz die bernsteinfarbenen Augen geöffnet hatte, wäre sie vor Mitleid beinahe in Tränen ausgebrochen. Es half nichts, sie konnte nicht hier sitzen und zusehen, wie die kleine Katze litt. Sie konnte ihr nicht helfen. *Prenditi cura!* Die beiden Wörter brannten ihr hinter der Stirn, pochten in ihren Schläfen. Sie war verantwortlich und wollte es doch nicht sein. Was ging sie diese Frau an? Eine streunende Katze? Ihr Finger verharrte auf einem Namen: *Veterinario D. Fontanari, Via del Porto 6*. Die Straße kannte sie. Sie war in Trastevere, höchstens fünf Minuten mit dem Mofa auf der anderen Seite des Tibers. Sie schrieb sich den Namen und die Adresse auf und klappte das Telefonbuch zu. Dann nahm sie eines der Kissen auf dem Sofa und polsterte damit die alte Obstkiste aus, die sie hinten an ihrem Mofa zu Transportzwecken befestigt hatte. Ängstlich schob sie ihre Hände unter das Bündel mit der Katze.

Sie war leicht, ihr Gewicht war fast nicht zu spüren. Sie trug sie zu ihrem Mofa und bettete sie sorgfältig auf das Kissen. Das Tier ließ alles geschehen. Es öffnete nicht einmal die Augen. Im hellen Sonnenlicht konnte Federica die Wunde sehen, aus der das Blut ausgetreten war, eine böse aussehende Wunde an der Schulter. Aus der bereits schwarz gewordenen Kruste sickerten ein paar frische, helle Tropfen. Wahrscheinlich war die Kruste aufgebrochen, als sie die Katze bewegt hatte. Federica biss sich auf die Lippe. Hoffentlich konnte der Tierarzt ihr helfen.

Sie fuhr ganz langsam, achtete darauf, keine Schlenker zu machen und nicht über Schlaglöcher zu fahren. Ein paar Autofahrer hupten sie an, einer beschimpfte sie sogar aus dem Autofenster heraus, während er sie rüde überholte. Federica achtete nicht auf ihn. Ihre ganze Konzentration war auf das kleine Bündel hinter ihr gerichtet. Noch nie hatte sie so eine kostbare Fracht transportiert. Ihr war, als könne sie jede Erschütterung, jeden Kieselstein, über den sie fuhr, am eigenen Leib spüren. Was, wenn die Katze Angst bekam und heraussprang? Sie würde sofort unter die Räder kommen. Aber sie kann nicht springen, versuchte Federica sich zu beruhigen. Sie ist zu schwach. Sie kann nur noch atmen und sich bemühen, am Leben zu bleiben. Federica gab etwas mehr Gas. Sie durfte nicht so langsam fahren, denn sie hatte schon viel zu viel Zeit vertrödelt. Drei Stunden war die alte Frau mit der Katze in der Hitze herumgelaufen, und wer weiß, wie lange sie zuvor bereits auf der Straße gelegen hatte. Und sie?

Sie hatte Kaffee gemacht, anstatt sofort ... Federica gab noch mehr Gas, sie fuhr jetzt schnell, schneller als der Verkehr, der sich stockend auf der Ponte Sublicio über den Tiber drängte. Haarscharf fuhr sie rechts an einer ganzen Kolonne vorbei, ignorierte die rote Ampel und bog rechts ab, den Lungotevere Ripa Grande entlang. Dort war bereits die kleine Via del Porto. Sie parkte auf dem Gehsteig, vergaß, ihr Mofa abzusperren, und hob die Katze mitsamt der Bluse der alten Frau aus der Kiste. Ein kleines, ziemlich neues Schild an der alten, verwitterten Fassade eines Hauses sagte ihr, dass sie richtig war. Sie klingelte, zwei, drei Mal, und bemerkte in ihrer Ungeduld nicht gleich, dass die Tür längst offen war. Die Praxis befand sich im zweiten Stock, und es gab keinen Aufzug. Federica hastete nach oben, das Bündel vor sich ausgestreckt wie eine Schachtel roher Eier. Durch den dünnen Stoff hindurch konnte sie den kleinen Körper spüren. Er war warm, was sie hoffen ließ. Die Praxis war klein und sehr einfach, doch sie wirkte freundlich. Die Wände waren in einem fröhlichen Gelborange gestrichen, und es gab großformatige Hunde- und Katzenbilder in bunten Rahmen. Der Wartebereich war voll besetzt, mindestens zehn Leute saßen dort mit ihren Hunden und Katzenkörben auf dem Schoß. Es roch durchdringend nach Tieren, Krankheit und Angst. Einige der Hunde begannen zu bellen, als Federica hereinkam, und sie konnte spüren, wie den Katzenkörper in ihren Armen ein Zucken durchlief. Als eine Katze kläglich zu miauen begann, wurde die kleine Katze noch unruhiger.

Federica hielt sie behutsam fest und ging zur Rezeption, wo eine dicke, blond gefärbte Sprechstundenhilfe saß.

»Ein Notfall!«, sagte Federica nervös und hob ihr Bündel über den Tresen. »Ich … jemand hat sie auf der Straße gefunden …«

Die Frau hob den Kopf und warf einen unwilligen Blick darauf. Der Schweiß stand ihr auf der Stirn, und ihre Wimperntusche war verschmiert. »Haben Sie einen Termin?«

»Nein«, stotterte Federica eingeschüchtert. »Ich sagte doch, es ist ein Notfall …«

Die Frau machte eine genervte Geste mit der Hand in Richtung Wartebereich »Schauen Sie sich um, Signora, das sind alles Notfälle!«

»Bitte!«, sagte Federica. »Es ist wirklich dringend …«

»Wenn Sie keinen Termin haben, können Sie gleich wieder gehen«, schnitt die Frau ihr das Wort ab und wischte sich mit dem Handrücken den Schweiß von der Stirn. Neben ihr drehte sich ein schwächlicher Ventilator. »Wenn die Patienten hier alle durch sind, schließt die Praxis. Arrivederci!« Sie senkte den Blick auf eine Karteikarte vor ihr.

»Aber …«, versuchte es Federica noch einmal entmutigt, doch die Sprechstundenhilfe beachtete sie nicht mehr. »Signor Passavanti mit Beppino!«, rief sie laut, und ein Mann mit kurz geschorenen Haaren, in glänzender Jogginghose und Unterhemd stand auf. Er hatte einen Pitbull an einer kurzen Leine. Es war der Hund, der gebellt hatte, als Federica hereingekommen war.

Federica schloss die Augen und holte Luft. »Nein!«, sagte sie fest. »Ich muss zum Doktor. Jetzt sofort!« Als ihr bewusst wurde, wie laut sie gesprochen hatte, schoss ihr vor Verlegenheit und Angst vor ihrer eigenen Courage das Blut ins Gesicht. Die Sprechstundenhilfe hob erneut den Kopf. Sie war offensichtlich überrascht, dass jemand es wagte, ihr zu widersprechen. »Was glauben Sie eigentlich …«, begann sie wütend, doch in dem Moment öffnete sich die Tür zum Sprechzimmer, und ein Mann kam heraus. Er war nicht besonders groß, hatte ein schmales Gesicht voller Sommersprossen, eine randlose Brille und auffallend rostrote Haare.

»Was ist los?«, fragte er. »Wer kommt als Nächstes?«

Die Sprechstundenhilfe deutete auf den Mann mit dem Hund. »Signor Passavanti, Dottore, aber diese Signora hier behauptet, sie hätte einen Notfall …«

Der Mann kam auf Federica zu. »Ein Notfall?«

Federica nickte. Sie zitterte am ganzen Körper vor Aufregung. »Sie stirbt!«

Der Tierarzt warf einen kurzen Blick auf die Katze und winkte Federica zu sich. »Kommen Sie.«

Die Sprechstundenhilfe schnaubte empört. »Aber Dottore! Es ist doch nur eine Straßenkatze! Signor Passavanti wartet schon so lange …«

Dr. Fontanari gab keine Antwort. Er wartete, bis Federica ihm ins Sprechzimmer gefolgt war, und schloss dann einfach die Tür. »Tut mir leid«, sagte er mit einem entschuldigenden Achselzucken. »Ich habe sie geerbt. Sie nimmt es mir noch immer übel, dass ihr alter Dottore vor einem Jahr in Rente gegangen ist.«

Federica lächelte zaghaft. »Aber es ist wirklich nur eine Straßenkatze.«

»Macht das einen Unterschied?« Der Arzt nahm ihr die kleine Katze ab und legte sie auf den Behandlungstisch. »Es bleibt doch eine Katze, oder?«

Federica nickte erleichtert. Diese Antwort gefiel ihr.

Dr. Fontanari beugte sich über die Wunde und berührte vorsichtig die Wundränder. »Was ist passiert?«

»Ich weiß es nicht. Eine … äh … Nachbarin hat sie im Rinnstein gefunden.«

Er untersuchte die Katze schweigend. Federica sah ihm zu, wie er sie behutsam abtastete, ihre Ohren und ihr Maul untersuchte und schließlich die Wunde zu reinigen begann. Teilnahmslos ließ das Tier alles geschehen. Am Ende gab er ihr eine Spritze und wandte sich dann Federica zu. »Ich glaube nicht, dass sie innere Verletzungen hat, es ist auch nichts gebrochen, doch der Allgemeinzustand ist sehr schlecht. Ihre Ohren sind voller Milben, sie ist stark unterernährt und entsprechend geschwächt. Sie hat wahrscheinlich Prellungen, und die Wunde ist zwar nicht besonders tief, aber sehr schmutzig. Vermutlich wird sie sich entzünden …« Er verstummte, hob die Arme und ließ sie wieder sinken.

»Was wollen Sie damit sagen?«, fragte Federica. »Wird sie sterben?«

»Ich weiß es nicht. Wenn sie überleben soll, braucht

sie sehr viel Pflege. Und vielleicht reicht es trotzdem nicht.«

»Was muss ich tun?«

Er zögerte. »Sie müsste gefüttert werden, am Anfang mit einer Spritze, am besten stündlich, die Wunde muss regelmäßig gereinigt werden …«

Federica nickte. »Gut.«

Dr. Fontanari warf ihr einen skeptischen Blick zu: »Stellen Sie sich das nicht zu einfach vor. Dieses Tier hat wahrscheinlich noch nie bei einem Menschen gelebt. Das ist keine Hauskatze, sie ist nicht zutraulich, hat sicher Angst vor Menschen.«

»Ich habe auch Angst vor Menschen«, gab Federica prompt zurück. »Da passen wir doch gut zusammen.«

Der Tierarzt schaute sie verdutzt an. Er sah aus, als wolle er lachen, überlegte es sich dann aber anders. »Wollen Sie sich das wirklich antun?«

Federica verstand die Frage nicht. Hatte sie denn eine Wahl? Trotzdem nickte sie. »Ja.«

»Warum?«, wollte er wissen, und Federica sah ehrliches Interesse in seinem Blick. Sie überlegte, was sie darauf antworten sollte. Noch bevor sie etwas erwidern konnte, fügte er fast entschuldigend hinzu: »Ich meine, es gibt unzählige Katzen wie diese hier in der Stadt. Kaum einer macht sich Gedanken darüber. Warum also Sie?«

Was für eine seltsame Frage. Was wollte er denn hören? Dass die Katze bei ihr in der *Libreria* auf dem Sofa gelegen hatte? Dass die verrückte Katzenfrau sie mit einer unmissverständlichen Aufforderung dort zurückgelassen hatte? Dass es keine Zufälle gab? Federica zuckte mit den Schultern. »Wer denn sonst?«, erwiderte sie.

Jetzt lachte Dr. Fontanari amüsiert auf. »Ja, wer denn sonst?«, wiederholte er. »Es wäre gut, wenn Sie mindestens ein oder vielleicht sogar zwei Mal wiederkommen, dann werden wir weitersehen.«

Federica nickte.

Dr. Fontanari gab ihr eine große Spritze ohne Nadel und einen Stapel Schälchen mit Spezialfutter. Er erteilte ihr genaue Anweisungen, wie sie das Futter verdünnen und der Katze mit der Spritze einflößen musste. Dann packte er ihr noch Desinfektionsmittel und Milbenpuder ein. Federica nickte mechanisch zu allem, was er sagte, und versuchte, sich die Instruktionen genau zu merken. Vorsichtig nahm sie die Katze wieder in Empfang. An der Tür blieb der Arzt noch einmal stehen und sah sie ernst an. »Wenn es nicht klappt, dann ist es gewiss nicht Ihre Schuld. Um ehrlich zu sein, wäre es fast ein Wunder, wenn sich das Tier wieder erholt.«

Die Sprechstundenhilfe sah sie beide finster an, als Dr. Fontanari an den Tresen trat, die Tüte abstellte und Anweisungen gab, zwei weitere Termine zu vereinbaren. Sie warf einen Blick in die Tüte, kritzelte etwas auf einen Zettel und musterte dann Federica mit finsterem Blick. »Name, Adresse.«

Gehorsam nannte Federica ihren Namen und ihre Adresse. »Und die Katze?«

»Was?«

»Wie heißt die Katze?«

»Keine Ahnung.« Federica errötete. »Sie hat noch keinen Namen.«

»Hier ist ein Feld, das ich ausfüllen muss.«

»Äh …«

»Dann schreibe ich weibliche, streunende …«

Der Arzt, der jetzt den sichtbar verstimmten Signor Passavanti samt Kampfhund Beppino in Empfang nahm, drehte sich noch einmal zu ihr um. »Es ist übrigens ein Kater.«

Die Sprechstundenhilfe schaute säuerlich. »Dann schreibe ich eben männliche, streunende …«

»Bruno«, sagte Federica schnell. »Er heißt Bruno.«

Die Frau seufzte genervt, tippte etwas in den Computer, und der Drucker begann zu rattern. »Das macht dann fünfundneunzig Euro.«

»Wwwas?«, stotterte Federica. »Ich habe kein Geld dabei …« Sie hatte gar nicht daran gedacht, etwas einzustecken. Sie hatte überhaupt nicht daran gedacht, dass der Besuch beim Tierarzt etwas kosten könnte.

»Fünfzig Euro Erstbehandlung akuter Notfall – besonders schwierig – und fünfundvierzig Euro für zwölf Dosen Energiefutter und Arzneimittel«, leierte die Sprechstundenhilfe herunter, schob ihr die Tüte hin und reichte ihr eine Rechnung. »Zahlbar sofort und in bar, Signora.«

Federica schüttelte den Kopf. »Das habe ich nicht.« Sie war blass wie ein Handtuch, alles Blut war ihr aus dem Gesicht gewichen. »Nehmen Sie das zurück«, sagte sie leise und schob die Tüte wieder über den Tresen. »Ich bringe die fünfzig Euro vorbei.« Bevor die Frau etwas erwidern konnte, war sie schon zur Tür hinausgeflüchtet.

Die Luft war wie Honig und das Licht so betörend, wie es an keinem anderen Ort der Welt sein konnte. Spätestens in den Abendstunden schaffte es die Stadt jedes Mal, ihre geplagten Bewohner mit der brüllenden Hitze des Tages zu versöhnen, dem unaufhörlichen Lärm und dem Ruß und Schmutz, der jede Fassade attackierte, jeden Stein mürbe machte. Die roten Ziegelmauern des Palatins leuchteten sanft vom anderen Tiberufer herüber, als Federica langsam zurück nach Hause fuhr. Sie hatte jedoch an diesem Abend kein Auge für die Schönheit der Stadt, sah weder die glühenden Mauern noch den glitzernden Fluss, auch den ausladenden Pinien auf dem Hügel, die ihre Kronen in den tiefblauen Himmel streckten, schenkte sie keine Beachtung. Sie schämte sich. Weil sie nicht an Geld gedacht hatte. Weil sie überhaupt nicht nachgedacht hatte. Fünfzig Euro waren für sie bereits eine Menge Geld, und fast hundert Euro zu bezahlen, die nicht eingeplant gewesen waren, war praktisch unmöglich. Sie musste einen anderen Weg finden, der Katze zu helfen. Bruno, verbesserte sie sich sofort in Gedanken. Der kleine Kater war immerhin schon zu einem Namen gekommen. Während sie vorsichtig über die Brücke fuhr, dachte sie angestrengt nach. Womit konnte sie ihn füttern? Was war gesund und leicht und nahrhaft? Bevor sie in die Via del Arcangelo einbog, hielt sie an einer Apotheke, kaufte ein kleines Fläschchen reinen Alkohol und sterile Tücher zur Reinigung. Es kostete sechs Euro. Das war schon besser. Dann fiel ihr ein, dass die verrückte Katzenfrau ihre Katzen an der Pyramide immer mit Spaghetti fütterte. Das konnte sie doch auch versuchen? Immerhin war das Tier solche Kost gewohnt. Zu Hause angekommen, hob sie Bruno aus dem Korb und trug ihn nach oben in die Wohnung. Aus einer alten Pappschachtel, dem Kissen aus der Bücherei und sauberen Handtüchern bereitete sie ihm ein kleines, schützendes Nest, das sie neben das Bett ins Halbdunkel ihres Schlafzimmers stellte. Dann lief sie hinunter zu Pasquale in die Trattoria und bat ihn um ein paar rohe Fischreste. Diese kochte sie zusammen mit den Spaghetti, bis die Gräten sich gelöst hatten und die Nudeln matschig waren, und zerdrückte alles mit etwas Kochwasser zu einem flüssigen Brei, in den sie noch einen Löffel Haferflocken streute. Während der weißliche Brei abkühlte, überlegte sie, was gegen Milben zu unternehmen war. Sie hatte noch nie eine Katze besessen, auch in ihrer Familie gab es keine Haustiere, außer den Kaninchen, die ihr Vater in dem kleinen Garten hinter dem Haus gehalten hatte. Hin und wieder an Feiertagen hatte es dann *coniglio al cacciatore, Kaninchen nach Jägerart*, zum Abendessen gegeben. Für die Kinder waren die Kaninchen allerdings tabu gewesen. Ihr Vater wollte nicht, dass sie sich mit ihnen anfreundeten, da sie irgendwann als Mahlzeit auf den Tellern landeten. Sie hatte also keine Ahnung, wie man eine Katze von Milben befreite. Wie immer, wenn Federica nicht weiterwusste, versuchte sie,

Zuflucht bei ihren Büchern zu finden. Langsam ging sie das Regal im Wohnzimmer entlang, in dem ihre Lieblingsbücher aufgereiht waren. Sie behielt nur die allerschönsten Geschichten bei sich zu Hause, alle anderen Bücher wanderten sofort in die *Libreria*. Ihr Blick blieb an einem dicken, zerlesenen Taschenbuch mit schnörkeliger Schrift hängen: »Die Heilerin von Kingsbridge«, ein historischer Roman. Natürlich erinnerte sie sich an die Geschichte: Gwendolyn, die Heldin in dem Buch, lebte im Mittelalter und heilte die schlimmsten Krankheiten mit Kräutern und seltsamen Mixturen, weshalb sie sich irgendwann als Hexe auf dem Scheiterhaufen wiederfand und erst im allerletzten Moment von ihrem bis dahin tot geglaubten Geliebten gerettet werden konnte. Sie hatte das Buch mindestens dreimal gelesen, atemlos vor Spannung, hatte mit Gwendolyn geweint und gehofft, und am Ende war sie überglücklich gewesen, als alles gut ausging. Sie nahm das Buch heraus und suchte die Stelle, wo die erst zwölfjährige Gwendolyn bei einer alten Hebamme in Ausbildung kam. Sie erinnerte sich, dass dort viel von Arzneimitteln die Rede war. Tatsächlich fand sie die Passage: *Knoblauch und Zwiebeln bei Entzündungen, Öl gegen Parasiten, Thymian und Kamille reinigen Wunden …* Sie klappte das Buch zu und ging zurück in die Küche. In ihrem Vorratsschrank gab es noch in Olivenöl eingelegte Knoblauchzehen von Tante Assunta, einer Cousine ihres Vaters aus Sardinien. Vielleicht half das? Wenn man Tante Assunta Glauben schenken mochte, half Olivenöl sowieso gegen alles, hielt jung und schön und brachte müde Männer wieder auf die Beine. Also konnte es sicher nicht schaden. Außerdem fand sie noch Kamillentee und getrockneten Thymian und kochte daraus zusammen mit einer gehackten Zwiebel einen Aufguss.

Den Abend verbrachte Federica damit, Brunos vom Kratzen bereits blutverkrustete Ohren mit dem Zwiebelsud zu reinigen und anschließend mit Tante Assuntas Knoblauchöl einzureiben, die Wunde an der Schulter noch einmal zu desinfizieren und ihm zwischendurch immer wieder mit einem kleinen Espressolöffel fingernagelgroße Portionen Nudel-Fischbrei zwischen die Zähne zu schieben. Anfangs reagierte er kaum, er kaute nicht und schluckte nicht, und der Brei rann auf der anderen Seite des Mäulchens wieder heraus. Federica wischte ihn weg, wartete eine Weile und versuchte es dann noch einmal. Als er endlich, nach zahllosen Versuchen, eine erbsengroße Portion schluckte und Federica die Bewegungen seiner dünnen Kehle sah, hätte sie vor Freude fast laut aufgeschrien. Inzwischen war es Nacht geworden, und sie hatte es nicht einmal bemerkt. Seit Mittag hatte sie nichts gegessen, und ihr Magen knurrte vernehmlich. Federica ließ Bruno in seinem Nest zurück und holte sich Brot, Tomaten und Käse aus der Küche. Zur Feier des Tages goss sie sich sogar ein Glas Weißwein ein. Als sie mit ihrem Essen und dem Wein auf ihrem Feldbett auf dem Balkon saß, das Kissen in den Rücken geklemmt und Mimmos Miniventilator neben sich, war sie so erschöpft wie schon lange nicht mehr. Es war bereits fast Mitternacht, in drei Stunden musste sie wieder aufstehen. Doch es störte sie nicht. Sie hatte das Gefühl, das Blut flösse an diesem Abend leichter durch ihre Adern als sonst, und ein leises Lachen versteckte sich in ihrer Kehle, bereit, jederzeit herauszusprudeln. Auch wenn es nur ein kleiner, kranker Streunerkater war, den sie bei sich aufgenommen hatte, für Federica, deren Leben für gewöhnlich so still und gleichförmig tickte wie eine alte Standuhr, war es ein aufregendes Abenteuer, und sie stellte überrascht fest, dass Abenteuer, sogar wenn man noch nicht wusste, wie sie ausgingen, glücklich machen konnten.

ACHT

In dieser Nacht schlief Federica kaum. Sie hatte nach einigem Überlegen die Schachtel mit ihrem Patienten zu sich nach draußen auf den Balkon geholt und neben ihr Sommerbett gestellt. Auch nachdem sie in einen leichten Schlaf gesunken war, horchte sie noch mit einem Ohr auf ungewöhnliche Geräusche. Wie ging es Bruno? Atmete er noch? Würde er die Nacht überleben?

Der Kater schlief ebenfalls nicht. Etwas störte den Dämmerzustand, in den er gefallen war, seit er dort im Rinnstein beschlossen hatte, nicht mehr um sein Leben zu kämpfen. Ein Geruch war in seine empfindliche Nase gedrungen, ein seltsamer, fremder Geruch, den er nicht kannte. Fein und trocken, nicht zu scharf und trotzdem angenehm herb. Nichts, was man essen konnte, dennoch verursachte er in einem Winkel seines geschundenen Körpers so etwas wie längst vergessenes Wohlbehagen. Das lag daran, dass dieser Geruch Erinnerungen an eine Zeit mit sich brachte, in der er satt und zufrieden gewesen war. Erinnerungen an wohliges Schnurren in einem warmen, weichen Geschwisterhaufen, an eine raue Zunge, die ihn sauber leckte, daran, herumgetragen zu werden. Dieser seltsame Geruch war hartnäckig, ließ sich nicht abschütteln und brachte ihn schließlich dazu, den bereits gefassten Entschluss bezüglich seines siebten und letzten Lebens noch einmal zu überdenken. War es möglich, dass es in dieser Welt doch noch etwas gab, das sich lohnte zu erleben? Er wusste es nicht, er hatte in seinem kurzen Dasein bisher nur Unerfreuliches erlebt, angefangen damit, dass der warme Geschwisterhaufen und die raue Zunge, die ihn geleckt hatte, weg gewesen waren, kaum dass er zum ersten Mal seine Augen öffnen konnte, und er sie nie wieder gesehen hatte. Er kannte keine Menschen, er kannte nur Schuhe, die nach ihm traten, Hände, die Dinge nach ihm warfen, Augen, in denen er nichts lesen konnte außer Bosheit und Gleichgültigkeit, laute Stimmen, die er nicht verstand. Einzig eine Stimme war ihm vertraut, die er mochte, denn sie bedeutete Futter und kurzen Frieden in einer bedrohlichen Welt. Es war die Stimme der Frau mit dem Wagen, ein sanftes Auf-und-ab-Schwellen von Tönen, Gesang, den er schon aus der Ferne wiedererkannte. Doch auch sie hatte nicht diesen besonderen Geruch an sich. Sie roch anders, wie überreifes Obst, weich, süß und schon leicht faulig, nach Geheimnissen, die nicht für ihn bestimmt waren.

Während der kleine Kater in seinem Pappschachtelnest lag, das Federica für ihn bereitet hatte, kehrte etwas zu ihm zurück, das er schon verloren geglaubt hatte. Etwas, für das er keinen Namen wusste und das dennoch so stark war, dass er sich nicht dagegen wehren konnte: Hoffnung. Und der kleine Kater war nicht umsonst ein zäher, mit allen Wassern gewaschener Straßenkater, der bereits sechs wilde Leben hinter sich hatte. Er erkannte eine Chance, wenn sie sich ihm bot. Und dieser Geruch, der zu der Frau mit der leisen Stimme und den vorsichtigen Händen gehörte, war so eine Chance. Und so beschloss der Kater – der nicht wusste, dass er von nun an Bruno genannt werden würde, nach einem Ketzer, der von unendlichen Welten geträumt hatte – mit der ihm eigenen Hartnäckigkeit, die der Sturheit von Federica und den weißen sardischen Eseln in nichts nachstand, auf dieser Welt zu bleiben. Er verband sein letztes, fast verlorenes Leben mit diesem Geruch und entschied, ihm zu folgen, gleichgültig wohin er ihn führen mochte.

Federica wusste von diesem Entschluss des Katers nichts. Sie schreckte aus ihrem ruhelosen Halbschlaf hoch, als der Wecker unter ihrem Kopfkissen piepste. Es war drei Uhr morgens, und sie musste sich beeilen, um sich vor der Arbeit noch um ihren Patienten kümmern zu können. Er hatte die Nacht überlebt, und nicht nur das. Federica fand sogar, dass er nicht mehr ganz so leblos und matt in seinem Kistchen lag. Er öffnete die Augen, als sie ihn in die Küche trug, und als sie begann, ihn mit den Spaghetti zu füttern, schluckte er schon beim ersten Löffel einen Teil davon hinunter. Es dauerte fast eine halbe Stunde, bis Federica den Kater gefüttert und seine Ohren und die Wunde gereinigt hatte. Sie würde zu spät kommen. Hastig sprang sie unter die Dusche, die wie üblich nur aus einem lauwarmen Rinnsal bestand, und schlüpfte in ihre Kleider. Der Kater lag, erschöpft von Fütterung und Behandlung, wieder matt auf der Seite, doch anders als gestern hatte er die Augen noch immer geöffnet. Er schien sie zu beobachten. Sie stellte ihm Futter und ein Schälchen Wasser neben das Bett. Gestern Nacht noch hatte sie ihm eine Art Katzentoilette gemacht, einige Handvoll Kies aus dem Innenhof in einer flachen Schale, doch sie bezweifelte, dass er sie benutzen würde. In den Palmen im Hinterhof begannen schon die Spatzen zu pfeifen. Federica musste sich beeilen. Sie beugte sich zu dem kleinen Kater hinunter und streichelte seinen Kopf. »Ich bin bald wieder zurück. Versprochen.« Der Kater hob den Kopf und sah sie an. Als sie sich aufrichtete und zur Tür ging, schien es Federica sogar, als wolle er aus seinem Lager kriechen und mit ihr kommen. Er hob seinen Vorderkörper und zog sich an den Rand seines Lagers, doch sein verbliebenes Hinterbein war noch zu schwach, um sich aufzurichten, es knickte zur Seite, und er sank zurück. Sie ging zu ihm und strich ihm noch einmal über das stumpfe, struppige Fell. »Nicht lange!«, versprach sie und verließ dann widerstrebend die Wohnung. Bruno ließ den Kopf sinken und schloss die Augen. Sie war weg. Er wusste nicht, dass sie wiederkommen würde. Er hatte keine Ahnung von Zeit und Arbeit, vom Geldverdienen, Postämtern, Briefe sortieren, Servietten falten, Tee aufbrühen und Kaffee kochen. Er spürte nur, dass sie weg war und dass mit ihr der Geruch, der Zauber, der ihn ins Leben zurückgeholt hatte, weniger wurde.

Federica fühlte sich unbehaglich, als sie mit dem Mofa den vertrauten Weg Richtung Postamt fuhr. Sie hätte Bruno nicht allein lassen dürfen. Wie er sie angesehen hatte. Fast flehentlich. Außerdem hatte er versucht aufzustehen. Sie fröstelte, obwohl sie sich einzureden versuchte, dass sie sich das nur einbildete. Es war ihm am Morgen schließlich besser gegangen. Eindeutig. Er hatte sogar gefressen. Was sollte schon passieren? Der Arzt hatte selbst gesagt, dass er Menschen nicht gewohnt sei, also störte es ihn sicher auch nicht, ein paar Stunden allein zu sein. Sie würde sich beeilen.

So schnell hatte Federica noch nie die Post sortiert wie an diesem Morgen. Ihre Finger flogen über die Briefe, als gelte es, eine Meisterschaft zu gewinnen. Doch das war nicht alles: Ermano, der seine übliche Runde mit dem Tablett Espressotassen machte, fand, dass sie verändert wirkte, auch wenn er es nicht laut sagte. Ihre hellen Haare, die sie sonst meist zu einem strengen Zopf geflochten hatte, waren heute nur zu einem unordentlichen, lockeren Knoten zusammengesteckt. Strähnen hingen ihr ins Gesicht, kringelten sich an den Schläfen und kräuselten sich im Nacken. Es sah aus, als habe sie sich die Haare gewaschen und noch nass einfach irgendwie zusammengewickelt. Ermano hob eine Augenbraue. Er hatte nicht einmal gewusst, dass Federica Locken hatte, so straff und glatt waren ihre Haare sonst nach hinten gekämmt. Dabei achtete er sehr auf solche Dinge. Er fand es interessant, Menschen zu beobachten, ihre Vorlieben, ihre äußere Erscheinung und worauf sie Wert legten. Und das Allerinteressanteste dabei waren plötzliche Veränderungen, Abweichungen von den Gewohnheiten und Überraschungen, denn sie hatten meist etwas zu bedeuten. Filippo Ranieri zum Beispiel, dieser grobschlächtige Kerl, der jahrelang seinen Arbeitsplatz ganz am Ende der Reihe gehabt hatte. Eines Tages war er gekommen und hatte den Kasten mit den Briefen, der an seinem Platz stand, umgedreht und begonnen, von der anderen Seite her zu sortieren. Warum? Ermano konnte sich das nicht erklären, doch es war ihm klar gewesen, dass es eine Bedeutung haben musste. Er sollte recht behalten. Ein paar Wochen später war Filippo zu ihm gekommen und hatte ihm eröffnet, dass er zu Gott gefunden und sich entschlossen hatte, in ein Kloster einzutreten. Allerdings hatte Ermano keinen blassen Schimmer, welchen Zusammenhang es zwischen der Art, die Post zu sortieren, und einer Gotteserfahrung geben konnte, doch es war klar, dass sich diese Entwicklung an jenem Morgen bereits abgezeichnet hatte. Vielleicht war Filippo zuvor etwas Bedeutsames widerfahren oder aber auch nicht. Oder er war an jenem Morgen einfach nur aufgewacht und ein anderer gewesen. Es hatte noch eine Weile gedauert, bis Filippo selbst es bemerkt hatte, doch im Grunde hätte man es schon damals sehen können, als er seinen Postkasten umdrehte. Und weil Ermano dies wusste, schenkte er Federica heute größte Aufmerksamkeit. Eine veränderte Frisur war immer ein Grund, wachsam zu sein. War sie vielleicht verliebt? Er wusste wenig von ihr, aber er war sich ziemlich sicher, dass sie, zumindest seit sie bei ihm in der Poststelle arbeitete, noch nie einen Freund gehabt hatte. War das womöglich der Grund? Ein Mann in ihrem Leben? Doch dazu schien sie zu wenig glücklich zu sein. Von Natur aus verschlossen und still wie eine blank polierte Mandel, war sie auch heute schweigsam und in sich gekehrt, womöglich noch mehr als sonst. Sie wirkte überdies eher besorgt als glücklich. Zerstreut. Vielleicht sogar ein wenig gehetzt. Er stellte ihr ein Tässchen *caffè* hin. »Guten Morgen, Fé. Gut geschlafen?«

Federica schrak zusammen, als er sie ansprach, obwohl er das jeden Morgen tat und ihr auch jeden Morgen die gleiche Frage stellte. Und sie antwortete gewöhnlich auch mit den gleichen Worten: Ja, danke gut, oder, je nach Jahreszeit und sonstigen Abweichungen passend: nein, nicht besonders, zu heiß, zu kalt, der Vollmond …

Heute sagte sie erst einmal gar nichts. Sie starrte Ermano mit großen Augen an, und Ermano bemerkte zum ersten Mal, dass sie eine sehr ungewöhnliche Augenfarbe hatte, ein helles Grün, mit goldfarbenen Sprenkeln, das war ihm bisher noch nie aufgefallen. Ihre Augen sahen aus wie der Tiber, wenn die Sonne darauf schien. Genau so. Jetzt zwinkerten sie verwirrt. »Äh, was hast du gesagt?«

»Ich habe dich gefragt, ob du gut geschlafen hast?«

»Äh, ja, nein, eigentlich nicht.« Sie verstummte abrupt und senkte den Blick wieder auf die Briefe in ihren Händen. Ermano beglückwünschte sich insgeheim zu seiner guten Beobachtungsgabe. Federica Mazzanti war eindeutig anders heute Morgen, und das lag nicht allein an ihrer Frisur. Er wartete auf eine weitere Erklärung, es kam jedoch nichts mehr.

»Die Hitze?«, versuchte er ihr auf die Sprünge zu helfen.

Federica gab keine Antwort. Ihre Finger wanderten flink wie kleine Eidechsen über die Briefe, sortierten und steckten sie zu kleinen Stößen zusammen.

Ermano gab auf, jedoch nur nach außen hin. Innerlich war er aufgeregt, ja fast alarmiert. Seine stillste, unauffälligste Mitarbeiterin war verändert, vollkommen verändert. Und man wusste ja, wozu das führen konnte: So eine kleine Welle der Veränderung konnte sich ausbreiten, konnte überschwappen, außer Kontrolle geraten und sich zu einem Tsunami entwickeln. Er würde ein Auge auf sie haben müssen. Behutsam hob er das Tablett hoch und ging weiter. Aus den Augenwinkeln sah er noch, wie Federica einen verstohlenen Blick auf die Uhr warf, dann näherte er sich auch schon seiner Angebeteten, Simonetta, und unversehens wurde aus dem kahlköpfigen, untersetzten Ermano ein schmachtender Eros: »*E ci sei … adesso tu …!*«, knödelte er los und erntete dafür ein halb genervtes, halb amüsiertes Augenrollen von Simonetta: »Du schon wieder!« Sie gab ihm einen Klaps mit einem großen braunen Umschlag, den sie gerade in den Händen hielt. Er stellte das Tablett ab und rieb sich demonstrativ den kahlen Schädel. Wenigstens war Simonetta so wie immer.

Nachdem Federica auch noch ihren Frühstücksdienst hinter sich gebracht hatte, fuhr sie so schnell nach Hause, wie es ihr altersschwaches Mofa erlaubte. Es war erst kurz nach zehn, als sie die Treppen nach oben hastete, den Haustürschlüssel in der Hand. In der anderen Hand hielt sie eine kleine Tüte mit neuen Fischresten aus der Trattoria, sogar ein kleiner Tintenfisch und ein paar Krabben waren darunter. Pasquale hatte sie ihr gegeben und dabei neugierig wissen wollen, wozu sie die brauchte. Federica war zu nervös gewesen, um mit ihm zu sprechen. Pasquale war äußerst redselig. Er neigte dazu, langatmige, aufgeregt vorgetragene Geschichten zum Besten zu geben, die beim morgendlichen Zähneputzen begannen und über die Qualität der Seezungen am Großmarkt, die Straßenreinigung der Stadt, die Verderbtheit der italienischen Politiker im Besonderen und die Weltpolitik im Allgemeinen zwangsläufig bei seinem Lieblingsthema, dem AS Roma, landeten. Neben seiner Trattoria war der legendäre Fußballverein, der seine Heimat im Testaccio hatte, Pasquales zweiter Lebensinhalt. Die Familie kam erst weit danach. Weil Federica weder Zeit noch Nerven für ein längeres Gespräch gehabt hatte, hatte sie auf seine Frage nach der Verwendung der *polpi* und *gamberetti* nur lächelnd den Kopf geschüttelt und gemeint: »Das erzähle ich dir ein andermal«, und noch bevor Pasquale protestieren konnte, war sie bereits aus der Trattoria gehuscht. Jetzt klopfte ihr Herz heftig, und das lag nicht nur an der Geschwindigkeit, mit der sie die vielen Stufen hinaufgelaufen war. Sie war aufgeregt, freute sich, den kleinen Kater wiederzusehen, hoffte, es ginge ihm schon besser. Als sie die Türe öffnete, fing sie bereits an zu rufen: »Ich bin wieder da!«, und lief in das abgedunkelte Schlafzimmer, wohin sie die Schachtel am Morgen gebracht hatte. Der Kater lag so da, wie sie ihn verlassen hatte, reglos, leblos, ein Häufchen Elend. Er hob nicht einmal den Kopf, als sie sich zu ihm hinkniete. Das Futter in der Schüssel und das Wasser in dem Schälchen waren unangetastet. Vorsichtig streichelte sie seinen Nacken mit zwei Fingern. »Ich bin wieder da.« Endlich öffnete er seine Augen, und dann sah es aus, als wolle er miauen, aber es kam kein Ton heraus. Federica traten Tränen in die Augen. »Es tut mir leid!«, flüsterte sie. »Es tut mir so leid.« Sie nahm die Schachtel und trug sie in die kleine Küche, dann begann sie, Wasser zu kochen und dem Kater eine neue Mahlzeit zuzubereiten. Dabei redete sie ununterbrochen. Sie erzählte ihm von ihrer Arbeit im Postamt, von Ermano und Simonetta, machte sogar seine Art zu singen nach. Dann beschrieb sie das *Nido* und Signora Zafferano, die beiden deutschen Familien und das verliebte Pärchen. Als sie fertig war, stank es in der kleinen Küche durchdringend nach Fisch. Sie rührte den heißen Brei um und gab kaltes Wasser dazu. »Du musst gesund werden«, ermahnte sie den Kater, der noch immer mit halb geschlossenen Augen dalag, aber wenigstens zu lauschen schien. Außerdem hatte Federica gesehen, dass er geschnuppert hatte, als der Fischgeruch an seine Nase drang. Mit einer Untertasse voll lauwarmen Breis hockte sie sich auf den Boden und begann, ihn zu füttern. Gehorsam öffnete der Kater sein Maul und ließ sich etwas von dem Fisch-Spaghetti-Gemisch hineinschieben. Federica sah erleichtert, wie er schluckte, und füllte den Löffel wieder mit einer winzigen Menge. Am Ende hatte er die ganze Untertasse leer gefressen, und Federica musste sich beherrschen, um nicht in Jubel auszubrechen. Sie streichelte ihn, kraulte ihn behutsam hinter den Ohren und lobte ihn überschwänglich. Dann holte sie das Öl, saubere Taschentücher und den Alkohol und kümmerte sich um seine Ohren und die Wunde. Beides sah eindeutig besser aus als gestern. Als sie fertig war und begann, sich selbst eine Kleinigkeit zu essen zu machen, hob der Kater den Kopf und sah sie unverwandt an. Federica glaubte, so etwas wie einen Vorwurf in seinen Augen zu lesen. »Ich lasse dich nicht mehr allein«, sagte sie leise. »Mir wird schon etwas einfallen. Versprochen.« Später trug sie ihn samt Schachtel wieder zurück in ihr Schlafzimmer, stieg aus ihren schweißnassen Kleidern und legte sich erschöpft von der Hitze und der durchwachten Nacht aufs Bett. Ihr Kopf hatte kaum das Kissen berührt, da war sie auch schon eingeschlafen.

Federica hielt ihr Versprechen. Am Nachmittag, nach einer neuerlichen erfolgreichen Fütterung, nahm sie Bruno in seiner Pappschachtel mit in die Bücherei. Dort lag er im grünen Halbdunkel unter dem zugewachsenen Fenster, hob hin und wieder den Kopf und sah Federica zu, wie sie ihre Bücher abstaubte, das eine oder andere aus dem Regal nahm, darin blätterte und es wieder zurückstellte. Als die Schatten länger wurden und die Sonne nicht mehr ganz so heiß brannte, setzte sich Federica mit einem Buch nach draußen, allerdings in Sichtweite des Katers, der jede ihrer Bewegungen mit den Augen verfolgte. Sie redete mit ihm, als könne er sie verstehen, erzählte ihm von der Geschichte, die sie gerade las, und begann dann, ihm daraus vorzulesen. Bruno hörte ihr aufmerksam zu. Für den Kater war der Ausflug in die Bücherei mit einem nie gekannten Glücksgefühl verbunden, von dem Federica nichts ahnen konnte. In dem Moment, als Federica den Raum betreten und die Schachtel abgestellt hatte, war in seinem Kopf eine Duftwolke explodiert, die ihn umgehauen hätte, wäre er nicht schon gelegen. Hier war dieser Geruch, der ihn ins Leben zurückgeholt hatte, so stark, so intensiv, dass er es kaum aushalten konnte. Der Kater, der in seinem Leben noch nicht viel Schönes gesehen oder erlebt hatte, begriff sofort, dass dieser Ort etwas Besonderes war. Die wohlriechende Frau und dieser Raum mit dem grünen Licht hingen auf eine geheimnisvolle Weise zusammen. Er hatte keine Ahnung von Büchern, keine Ahnung von Buchstaben, Wörtern und Geschichten, doch er hörte die Frau sprechen und verstand, dass sie es auf eine besondere Art und Weise tat. Und er begriff noch etwas: Sie sprach mit ihm. Ganz allein mit ihm. Das war unerhört. So etwas war noch nie vorgekommen. Der Kater blinzelte, legte seinen Kopf auf die Vorderpfoten und hörte zu. Leise, ganz leise begann er zu schnurren.

NEUN

Es war schon fast halb zwölf, als Mimmo Batticinque nach Hause kam. Federica hatte den ganzen Abend nervös im Wohnzimmer gesessen und auf die Geräusche im Treppenhaus geachtet. Sie musste mit ihm sprechen. Sie brauchte seinen Rat. Als sie endlich hörte, wie er leise pfeifend die Treppe heraufkam und sich der Schlüssel im Schloss drehte, öffnete sie ihre Tür einen Spalt und sah hinaus. »Mimmo?«

Mimmo drehte sich überrascht um. Er hatte noch seine Kellnerkleidung an, schwarze Hose, weißes Hemd, und seine Haare standen ihm wie gewöhnlich zu Berge.

»Fé!«

»Kannst du noch kurz zu mir herüberkommen?« Federica errötete. »Ich muss mit dir reden.«

»Ist etwas passiert?« Mimmos Gesicht legte sich besorgt in Falten.

Federica schüttelte den Kopf. »Nein. Ja. Nichts Schlimmes. Es … ist mehr wie ein Abenteuer.«

Mimmo hob die Brauen, dann nickte er. »Okay. Gib mir zehn Minuten.«

Zehn Minuten später saß Mimmo barfuß, in Boxershorts und T-Shirt, mit noch nassen Haaren im Schneidersitz auf Federicas Feldbett auf dem Balkon und rauchte eine Zigarette. Federica saß ihm gegenüber. Beide schauten auf den Boden, wo die graue Pappschachtel mit Bruno stand. Der Kater hatte erneut gut gefressen, anschließend hatte Federica ihn auf seine Toilette getragen, und er hatte tatsächlich sogar sein Geschäft erledigt, wie Federica dem verblüfften Mimmo voller Stolz als Erstes verkündete. Jetzt, während Federica den Rest der Geschichte erzählte, hatte sich Bruno zusammengerollt und schlief.

»Warum lässt du ihn nicht einfach die paar Stunden hier?«, wollte Mimmo wissen, nachdem Federica ihm ihr Problem geschildert hatte. Sie schüttelte den Kopf: »Das geht nicht.«

»Warum nicht?«

Federica zögerte, und erneut überzog zarte Röte ihr helles Gesicht. »Weil … ich … es ihm versprochen habe.«

»Ah. Ja, dann …« Mimmo wunderte sich nicht sehr. Federica war ein seltsames Wesen, und wenn sie sich etwas in den Kopf gesetzt hatte, dann war nichts zu machen. Im Übrigen war auch Mimmo der Meinung, dass man einmal gegebene Versprechen unbedingt einhalten musste und dass es dabei keinen Unterschied machte, ob man das Versprechen einem Menschen oder einem dreibeinigen Kater gegeben hatte. Er musste nachdenken. Nach einer weiteren Zigarette stand er auf, streckte sich kurz und sagte dann: »Ich glaube, ich habe da etwas für euch. Warte!«

Er verließ Federicas Wohnung ohne weitere Erklärung, und nach einer Weile hörte Federica ihn durch das offene Balkonfenster rumoren. Schweres wurde verrückt, etwas fiel zu Boden, und Mimmo fluchte leise. Federica streckte sich auf ihrem Bett lang aus und sah in den grünlichen, leeren Nachthimmel. Wie üblich war kein Stern zu sehen. Die Lichter der Stadt waren zu hell. Wenn, dann sah man sie höchstens vom Gianicolo, einem der sieben Hügel Roms, aus. Angeblich. Zumindest hatte Mimmo ihr das versichert, als sie sich einmal bei ihm darüber beklagt hatte, die Sterne zu vermissen, die in hellen Sommernächten über ihrem Heimatdorf wie weiße kleine Sternwerfer ihr Licht versprühten. Sie hatte es noch nie überprüft, war überhaupt noch nie auf dem Gianicolo gewesen, der sich drüben auf der anderen Seite hinter dem Trastevere erhob, weder bei Tag noch bei Nacht. Sie hatte Mimmos Wort vertraut. Genauso vertraute sie auch jetzt darauf, dass ihm etwas einfiel, was ihr dabei helfen könnte, Bruno unauffällig und sicher mit in die Arbeit zu nehmen. Sie konnte ihn schließlich nicht in der Pappschachtel transportieren. Er könnte sich erschrecken und davonlaufen, erneut vor ein Auto geraten, er könnte Angst vor den vielen Menschen auf der Poststelle bekommen, und im Übrigen würde Signora Zafferano einen Herzinfarkt erleiden, wenn sie mit einer Katze in einer Pappschachtel zum Frühstücksdienst erschiene. Katzen kamen bei Signora Zafferano auf ihrer Liste unnützer Dinge noch vor Käse und Wurst zum Frühstück. Nur Tauben standen noch weiter oben. Federica hoffte daher inständig, dass Mimmo eine wirklich gute Idee für

Brunos Transport gehabt hatte, eine, die auch Signora Zafferanos Abneigung gegen Katzen berücksichtigte. Mittlerweile hatte das Rumoren in der Nachbarwohnung aufgehört. Stattdessen hörte man Mimmo leise pfeifen. Das war ein gutes Zeichen. Er musste gefunden haben, was er suchte. Mimmo war ein Bastler und Sammler, und seine Lieblingsbeschäftigung war es, seine freien Sonntage auf dem Flohmarkt an der Porta Portese zu verbringen und stundenlang zwischen billigem Schund, alten Schallplatten, neuen Haushaltsgeräten und den etwas abseits gelegenen, feineren Antiquitätenständen herumzustöbern. Jedes Mal brachte er irgendetwas Besonderes nach Hause, und oft war auch ein kleines Geschenk für Federica oder ein Buch für ihre Bücherei dabei.

Jetzt streckte Mimmo seinen schwarzen Lockenkopf aus der Balkontür nebenan und pfiff leise, damit Federica sich zu ihm umdrehte. »Ich hab's!«, flüsterte er. Dann hob er eine große Plastiktüte hoch, klemmte sie mit fünf Klammern fest an die Wäscheleine zwischen ihren Balkonen und zog daran, bis das Paket bei Federica angekommen war. Neugierig nahm sie die Tüte ab und hob einen dunklen, unförmigen Gegenstand heraus, der schwach nach Mottenkugeln roch. Es war eine Ledertasche mit zwei Henkeln, auf der in glänzenden, mit glitzernden Steinen besetzten Buchstaben der Name *PRADA* stand. Die Tasche war zwar kein Original, aber sie war groß und sehr stabil. Mimmo hatte an den beiden schmalen Seiten das Leder entfernt und durch ein angetackertes schwarzes Netz ersetzt, das Federica bei näherem Hinsehen als Teile eines Tischtennisnetzes identifizierte. Innen waren die Trennwände herausgeschnitten und alles mit weichen, altmodisch gemusterten Stoff ausgepolstert, den Mimmo an der Oberkante ebenfalls angetackert hatte. So war aus der schicken Tasche tatsächlich ein unauffälliger Transportkorb für Bruno geworden. Federica lächelte und warf Mimmo, der gespannt auf seinem Balkon auf ihre Reaktion gewartet hatte, eine Kusshand zu. »Wunderbar«, flüsterte sie, »danke!«

Bruno akzeptierte den Transportkorb zu Federicas Überraschung ohne Probleme. Als sie am nächsten Morgen in ihre Schuhe schlüpfte, hob der Kater alarmiert seinen Kopf und versuchte erneut aufzustehen. Federica hob ihn hoch, setzte ihn in die Tasche und erklärte ihm, was sie vorhatte. Sicherheitshalber legte sie noch eines der Handtücher aus der Schachtel dazu, damit er einen vertrauten Geruch dabeihatte. Sie ahnte nicht, dass dies gar nicht notwendig gewesen wäre. Bruno hörte ihre Stimme, spürte die Wärme ihrer Hände, registrierte die Sanftheit der Berührung und wusste, alles war gut. Als er begriff, dass dieses neue Gehäuse, in dem er saß, von der Frau getragen wurde, die ihn gerettet hatte, dass er somit dem Geruch folgen konnte, war er zufrieden. Mehr brauchte er nicht zu wissen. Der kleine Kater hatte in seinen sechs vorherigen Leben schon so viele Dinge gesehen, dass ihn kaum noch etwas erschrecken konnte, und da er nun einmal beschlossen hatte, sein letztes Leben in die Hände dieses einen, besonderen Menschen zu legen, kümmerte es ihn nicht, dass die Tasche schaukelte, während Federica die Treppen hinunterging und er wieder auf das unangenehm knatternde Mofa gepackt wurde. Es interessierte ihn auch nicht, wohin sie fuhren und was auf dem Weg dorthin zu sehen war, solange der wunderbare Duft nach Geborgenheit bei ihm blieb. Und so fuhr Federica an diesem frühen Morgen mit einem absolut zufriedenen, dreibeinigen Kater in einer Pradatasche in ihrer Gepäckkiste durch die noch schlafende Stadt. Sie fuhr über die Brücke und weiter die Viale Trastevere entlang bis zur Poststelle. Dort trug sie die Tasche vorsichtig vom Parkplatz in die Halle, nachdem sie Bruno zuvor erklärt hatte, weshalb er sich unbedingt ruhig verhalten müsse. Mit der Tasche unter dem Tisch, ganz dicht an ihren Beinen, sortierte sie wie üblich die Post, und Bruno verhielt sich mucksmäuschenstill. Nur einmal zuckte er zusammen und hob erschrocken den Kopf, als Ermano vor Simonetta trat und wie üblich ein Lied zum Besten gab.

Ähnlich reibungslos verlief ihr erster gemeinsamer Arbeitstag bei Signora Zafferano, obwohl Federica hier sehr viel aufgeregter war. Mit Signora Zafferano war nicht zu spaßen. Sie stellte die Tasche unauffällig im Flur ab, ganz nahe bei der offenen Tür zum Frühstücksraum, sodass Bruno sie fast immer im Blick behalten konnte. Zu Federicas großer Erleichterung war Signora Zafferano an diesem Tag unpässlich, sie begrüßte Federica nur kurz und verabschiedete sich dann, um sich hinzulegen. Die

Hitze! Der Staub! Diese mörderische Stadt! Federica kannte Signora Zafferanos Leiden schon, da es in den Sommermonaten mehrmals die Woche vorkam, dass sie Federica allein das Frühstück richten ließ und sich jammernd und grollend zurückzog. Meist folgte dann noch eine Drohung, die sich an niemanden Bestimmten, am ehesten aber noch an die Stadt als solche richtete, dass dies der letzte Sommer sei, den sie hier in diesem Brutkasten verbringen würde. Nächstes Jahr würde sie das Albergo ganz gewiss schließen und in die Berge gehen, nach Castel Gandolfo, wo auch der Papst seine Sommerfrische hielt, was ja nicht von ungefähr kam, wie man sich denken konnte. Federica war Signora Zafferanos Abwesenheit immer schon das Liebste gewesen, sie schaffte die Arbeit leicht allein, sogar wenn die Pension ausgebucht war, was jedoch eher selten vorkam. Jetzt aber, mit Bruno in der Tasche, kam es ihr besonders gelegen. Federica servierte flink und unauffällig, stellte das gebrauchte Geschirr in die Geschirrspülmaschine. Nachdem alle Gäste gegangen waren, deckte sie die Tische neu, fegte den Boden, räumte die Küche auf und schloss am Ende die Fensterläden gegen die einsetzende Mittagshitze. Während sie hin und her ging, sprach sie gelegentlich leise mit Bruno, erklärte ihm, was noch zu tun war und wann sie heimfahren würden. Sie beschrieb ihm auch die Dinge, die er von seinem Platz aus nicht sehen konnte, wie die Aussicht auf die Stadt und den Fluss, den Petersdom und die Engelsburg in der Ferne. Der Kater lag still und aufmerksam in seinem Nest und lauschte. Auch wenn er nicht verstand, was Federica sagte, wusste er doch, dass sie auch dieses Mal wieder mit ihm sprach. Seine Ohren blieben gespitzt, und seine bernsteinfarbenen Augen verfolgten jede ihrer Bewegungen. Manchmal, wenn sie dicht an ihm vorbeiging, hob er seinen Kopf ein wenig und schnupperte, um ihren Geruch einzufangen.

Bruno erholte sich schneller, als Federica es für möglich gehalten hatte. Sein Fell verlor seine struppige Stumpfheit und begann zu glänzen, seine Augen wurden wieder wach und aufmerksam, die eingefallenen Flanken fest, und zum ersten Mal in seinem Leben begann sich sogar sein Bauch ein ganz klein wenig zu runden. Nach einer Weile vernarbte die Wunde an der Schulter zu einem weißen Strich, und der schmutzige Schorf in den Ohren kehrte nicht zurück. Längst musste Federica ihn nicht mehr füttern oder auf die Katzentoilette tragen, er fraß und erledigte seine Geschäfte allein und für einen Streuner erstaunlich säuberlich und gewissenhaft an der dafür vorgesehenen Stelle, einer Kiste aus grünem Plastik, die Federica ihm gekauft hatte. Sein bevorzugter Platz in Federicas Wohnung allerdings blieben die Pappschachtel und die Pradatasche, in die er sprang, sobald Federica ihre Schuhe anzog, und in die er oft sogar kletterte, wenn sie zu Hause blieben. Bruno ließ Federica keine Sekunde mehr aus den Augen. Sogar wenn er schlief, was er sehr ausgiebig tat, zuckten seine Ohren wachsam, wenn Federica auf leisen Sohlen an ihm vorbeiging. Manchmal, wenn es ganz still und friedlich war und nicht einmal Geräusche von der Trattoria nach oben drangen, schreckte Bruno unvermittelt hoch. Die Ohren wachsam gespitzt, fuhr sein Kopf herum, und er beruhigte sich erst wieder, wenn sein Blick auf Federica traf. In diesen Momenten konnte Federica noch immer die Furcht in seinen Augen sehen, eine Furcht, die von dem Leben auf der Straße herrührte und keinen Namen hatte. Federica betrachtete ihren so unvermittelt in ihr Leben getretenen tierischen Gefährten bisweilen mit nachdenklicher Verwunderung. Sie konnte sich nicht wirklich erklären, wie sie plötzlich zu diesem Kater gekommen war und was das zu bedeuten hatte. Anfangs hatte sie noch geglaubt, dass er sich auf und davon machen würde, sobald er wieder kräftig genug dazu war. Er war immerhin halb wild, und Federica hatte sich nicht vorstellen können, dass er es lange in einer winzigen Wohnung wie der ihren aushalten würde. Doch jetzt, als er trotz seiner raschen Genesung keinerlei Anstalten machte zu verschwinden, musste sie ihre Meinung ändern. Sogar in der Bücherei, wo er jederzeit durch die offene Tür hinausgehen konnte, blieb er hartnäckig an ihrer Seite. Aus irgendeinem Grund schien er sich entschlossen zu haben zu bleiben. Doch was war mit ihr? Hatte sie die Wahl gehabt, sich zu entscheiden, eine Katze zu haben? Wie wir wissen, glaubte Federica nicht an Zufälle und nahm gegebene Versprechen ernst. So kam es ihr gar nicht in den Sinn, Bruno einfach zu der Streunerkatzenkolonie an der Pyramide oder in das Katzenasyl am Largo Argentino zu bringen und ihn dort seinem Schicksal zu überlassen. Sie akzeptierte die Tatsache, dass sie von nun an einen tierischen Gefährten hatte. Dennoch blieb eine gewisse Verwunderung darüber bestehen, wie sie plötzlich zu einem so anhänglichen Mitbewohner gekommen war. Sie sprach mit Bruno darüber, stellte ihm Fragen, dachte laut nach, und der Kater sah sie währenddessen aus seinen unergründlichen, für sein spitzes, kleines Katzengesicht noch immer viel zu groß wirkenden Augen an, dann schloss er seine Augen halb und begann zu schnurren, während Federica in ratloses Schweigen verfiel und sich schließlich ein Buch nahm.

ZEHN

So anhänglich Bruno gegenüber Federica auch sein mochte, so distanziert und argwöhnisch blieb er gegenüber anderen Menschen. In den seltenen Fällen, in denen Mimmo Federica in ihrer Wohnung besuchte, verkroch sich Bruno, so schnell es seine drei Beine ihm erlaubten, unter dem Sofa oder dem Bett, und als Mimmo einmal versuchte, ihn herauszulocken, antwortete er ihm mit einem so hasserfüllten Fauchen, dass dieser seine Hand sofort zurückzog. »Du solltest deinen kleinen Freund *Diavolino*, *Teufelchen*, nennen«, meinte er und spähte noch einmal unter das Sofa, bevor er sich vorsichtig darauf setzte.

Besonders schlimm benahm sich Bruno, wenn er mit Federica in der Bücherei war. Er betrachtete die Bücherei als seinen absoluten Herrschaftsbereich und empfand jeden, der es wagte, den Raum zu betreten, als unmittelbare Bedrohung. Martino und Jo machten beide Bekanntschaft mit Brunos Krallen, als sie zu einem Kaffee bei Federica vorbeischauten. Jo war dabei immerhin so leichtsinnig, den Kater streicheln zu wollen, doch Martino versuchte lediglich, ein Buch aus dem Regal zu ziehen, als der Kater ihn hinterrücks ansprang und seine Zähne in die nackte Wade grub. Federica war untröstlich, doch Martino nahm dem Kater den Angriff nicht weiter krumm. Am nächsten Tag brachte er Federica – demonstrativ humpelnd und in langen Hosen – ein selbst gemaltes Schild mit, um es an den Eingang zu hängen:

Vorsicht bissiger Kater! Buchausleihe auf eigene Gefahr! stand darauf, und daneben hatte Martino einen teuflisch aussehenden schwarzen Kater gemalt, der seine Pfote mit ausgefahrenen Krallen zum Schlag erhoben hatte. Federica musste lachen, auch wenn ihr eigentlich nicht danach zumute war. »Jetzt wird überhaupt niemand mehr kommen«, sagte sie betrübt zu Martino, als er begann, einen Nagel für das Schild in die Wand neben der Tür zu schlagen.

»Es kommt doch sowieso nie jemand«, antwortete er, ohne nachzudenken. Als er Federicas Gesicht sah, legte er mit zerknirschter Miene einen Arm um sie. »Tut mir leid, das hätte ich nicht sagen dürfen.«

Federica zuckte mit den Schultern und schüttelte seinen Arm ab. »Ist schon in Ordnung, du hast ja recht.«

An diesem Abend blieb Federica noch lange in der Bücherei. Reglos saß sie draußen auf ihrem Klappstuhl neben der Tür und sah zu, wie die Sonne langsam hinter den Häusern verschwand. Sie hatte keine Lust, nach Hause zu fahren. Sie hatte keine Lust abzusperren, nur um am nächsten Tag wieder aufzusperren, ohne dass es irgendjemanden interessierte. Martinos unbedachte Worte brachten sie durcheinander. Müde und gleichzeitig hellwach hatte sie das Gefühl, sie müsste etwas tun, und wusste doch nicht, was das sein sollte. Als es schon fast ganz dunkel geworden war, saß sie noch immer da und starrte über den verlassenen, öden Platz. Bruno kam heraus, blieb neben ihr stehen und sah sie an. Federica beugte sich zu ihm hinunter, hob ihn behutsam hoch und setzte ihn sich auf den Schoß. Es war das erste Mal, dass sie so etwas versuchte. Sie spürte, wie er sich versteifte. »Schsch«, machte Federica und streichelte ihn ganz vorsichtig, während er unruhig und mit zuckendem Schwanz mit seinen drei Beinen auf ihren Oberschenkeln balancierte. Seine Krallen gruben sich durch den dünnen Stoff des Kleides in ihre Haut. Doch er sprang nicht hinunter. Nach einer Weile, in der Federica ihn weiter streichelte und beruhigende Geräusche machte, ließ er sich vorsichtig auf ihrem rechten Oberschenkel nieder. Dort blieb er sitzen, wachsam, mit noch immer nervös zuckendem Schwanz und aufmerksam gespitzten Ohren. Federica kraulte seinen Nacken und begann leise, ihm von ihrem Traum zu erzählen, der sie mit dieser Bücherei verband, und davon, dass sie bei Martinos Worten plötzlich Angst bekommen hatte, dass dieser Traum womöglich langsam ausgeträumt sein könnte. Nach einer Weile wurde Bruno wieder unruhig, und Federicas Magen begann vernehmlich zu knurren. Sie ließ ihn hinunterspringen und stand auf. Es war Zeit, nach Hause zu fahren. Doch als sie auf ihrem Mofa saß und der Fahrtwind ihr angenehm kühl die Haare aus der Stirn wehte, überlegte sie es sich anders und fuhr nicht zur Via del Arcangelo, sondern bog nach links auf den Lungotevere ab. In dem kleinen Laden an der Ecke kaufte sie sich eine Pizzaschnitte mit extra viel Thunfisch, um sie mit Bruno zu teilen, dann fuhr sie Richtung Campo de' Fiori, um den anderen Bruno zu treffen. Vielleicht würde ihr steinerner Freund Rat wissen.

Auf der anderen Seite des Lungotevere, etwas weiter nördlich, kurz vor der Tiberinsel, stand jemand an der Ufermauer, der ebenso dringend einen guten Rat benötigt hätte wie Federica. Allerdings kam er nicht auf den Gedanken, Giordano Bruno zu konsultieren. Es war Davide Fontanari, der Tierarzt, der nach seiner Abendsprechstunde wütend aus der Praxis gestürmt und durch das enge Gassengewirr bis zur Ponte Palatino gelaufen war, um sich ein wenig abzukühlen. Angelina Mazza, seine von seinem Vorgänger geerbte Sprechstundenhilfe, hatte wieder Mist gebaut. Vorsätzlichen, boshaften Mist, wie es ihre Art war. Seit er die Praxis übernommen hatte, ging das nun schon so. Sie legte ihm Steine in den Weg, wo sie nur konnte. Nichts an seiner Arbeit fand Gnade vor ihren Augen, alles hatte der alte Dottore besser gemacht, und jede Änderung der Regeln wurde mit stumpfem Starrsinn boykottiert. Davide Fontanari seufzte. Er würde sie nur zu gerne vor die Tür setzen, doch er hatte Dottore Buonarotti bei der Übernahme versprechen müssen, genau das nicht zu tun. Signora Mazza hatte sechsunddreißig Jahre lang bei dem alten Tierarzt gearbeitet. Angefangen hatte sie mit sechzehn, exakt in dem

Jahr, in dem Davide Fontanari im katholischen *Policlinico Agostino Gemelli* das Licht der Welt erblickt und von seiner verblüfften Mutter mit den Worten »*Madresanto, è rosso! Heilige Mutter Gottes, er ist rothaarig!*« begrüßt worden war. Und auch wenn er in wütenden Momenten wie diesen Signora Mazza am liebsten mit einem Fußtritt auf den Mond befördert hätte, so war Davide Fontanari doch ein Mann, der sich an einmal gegebene Versprechen hielt. Ohnehin war er viel zu gutmütig und hätte es so oder so nicht über das Herz gebracht, Signora Mazza vor die Tür zu setzen, so sehr sie ihn auch quälte und piesackte. Aber heute war er nahe daran gewesen. Wie Signora Mazza ganz genau wusste, behandelte er immer wieder herrenlose Tiere, die von mitfühlenden Bürgern irgendwo aufgelesen wurden, ohne seine Arbeit jemandem in Rechnung zu stellen. Ebenso wie er im Wechsel mit anderen Ärzten ehrenamtlich für die Tierschutzorganisationen der Stadt die von ihnen betreuten Tiere untersuchte, sterilisierte und impfte, ohne einen Cent dafür zu verlangen. Dieser Umstand veranlasste Signora Mazza jedes Mal dazu, ihm lange, erboste Vorträge über die Wirtschaftlichkeit einer Tierarztpraxis und über den Unterschied von hübschen, gepflegten, mitunter sogar wertvollen Haustieren und nutzlosen, krankheitsverseuchten und gefährlichen Streunern zu halten, die, wenn es nach Signora Mazza gegangen wäre, allesamt erschossen gehörten. Davide Fontanari hatte anlässlich eines solchen Vortrags einmal von ihr wissen wollen, wieso sie ausgerechnet bei einem Tierarzt arbeitete, da sie so wenig

Mitgefühl für Tiere aufbringen konnte. Signora Mazza hatte ihn einen Augenblick lang mit offenem Mund angestarrt, so als ob sie die Frage nicht verstanden hätte. Als ihr schließlich klar geworden war, dass er eine ernsthafte Antwort erwartete, hatte sie mit den Schultern gezuckt und gemeint, eigentlich wäre sie lieber Zahnarzthelferin geworden, aber die Stelle habe eine Freundin bekommen, und da die Tierarztpraxis nicht weit weg von der Wohnung ihrer Eltern gelegen habe, habe sie eben dort mal nachgefragt. Es sei schließlich einerlei, ob Zahnarzt oder Tierarzt, nicht wahr? Dieser Argumentation hatte Dottore Fontanari nichts entgegenzusetzen gehabt, und so hatte die Diskussion geendet, wie alle Diskussionen mit Signora Mazza endeten: Er hatte sich zurückgezogen und die Tür hinter sich geschlossen. Natürlich hätte er versuchen können, ihr klarzumachen, dass sehr wohl ein Unterschied zwischen diesen Berufen bestand. Zumindest für ihn. Er hätte versuchen können, ihr klarzumachen, dass Tierarzt ein Beruf war, den man entweder ganz oder gar nicht ausüben konnte, und dass es keinen Unterschied machte, ob das Tier, das man behandelte, einen Besitzer hatte oder nicht. Aber er sah ein, dass dies vergebliche Liebesmüh gewesen wäre. Genauso gut hätte man versuchen können, einem Teller Spaghetti zu erklären, wie eine Saltimbocca schmeckt. Er hatte lachen müssen bei dem Vergleich, tatsächlich erinnerte ihn Signora Mazza an einen Teller *Pasta all'amatriciana*, unbedingt sättigend und zu Rom passend wie ein Fischweib auf den Markt. Allerdings nur in ihren besten Momenten, an Tagen, an denen sie gut aufgelegt war und einen ihrer derben, aber doch irgendwie lustigen Scherze machte. An solchen Tagen war er sogar froh, dass sie da war, vor allem, weil sie ihm den ganzen verhassten Verwaltungskram abnahm und so zuverlässig und unnachgiebig erledigte, dass er am Ende eines jeden Monats ihren Unkenrufen zum Trotz doch immer genug Geld auf dem Konto hatte, um weitermachen zu können. An den schlechten Tagen aber, die leider überwogen, brachte sie ihn nur dazu, resigniert die Hände zu heben und die Tür hinter sich zu schließen, und wenn er ganz ehrlich zu sich war, musste er zugeben, dass er sich mitunter sogar ein wenig vor ihr fürchtete. Heute allerdings war er wirklich wütend geworden. So wütend, dass er selbst überrascht von sich gewesen war. Er hatte am Ende der Sprechstunde einen Blick in Signora Mazzas Terminbuch geworfen, und dabei war ihm aufgefallen, dass die junge Frau mit dem verletzten Kater ihren Termin nicht wahrgenommen hatte. Als er Signora Mazza danach gefragt hatte, hatte sie nur gemeint, das wäre doch sowieso klar gewesen. Auf zähes Nachfragen war sie damit herausgerückt, dass sie der jungen Frau entgegen seinen Regeln eine Rechnung für die Sachen gestellt hatte, die er ihr mitgegeben hatte, die noch dazu viel zu hoch gewesen war, und dass sie diese nicht hatte bezahlen können. Sie habe die Tüte mit den Medikamenten einfach stehen lassen, hatte Signora Mazza empört geschnauft und nach kurzem Zögern fast widerwillig hinzugefügt, dass zumindest die fünfzig Euro am nächsten Tag in einem Umschlag im

Briefkasten steckten. Er hatte sie nur wortlos angesehen, und Signora Mazza hatte mit wachsendem Unbehagen auf ihrem Schreibtisch herumgekramt. Am Ende hatte sie mit den Schultern gezuckt und trotzig gemeint, es hätte eh nichts gebracht, das Tier wäre ja sowieso schon halb tot gewesen. Er hatte nichts erwidert, sondern war wortlos gegangen. Jetzt ärgerte er sich. Es war ein Fehler gewesen, nichts zu sagen. So würde er sich nie gegen diese Person durchsetzen können. Aber er war nicht besonders gut in solchen Dingen, war weder diplomatisch noch schlagfertig und fühlte sich oft der Argumentation anderer nicht gewachsen. Er konnte nicht gut mit Worten umgehen. Meistens fehlten sie ihm ganz, oder ihm fiel zu spät ein, was er hätte sagen können oder wollen. Dagegen war der Umgang mit Tieren einfach. Hier zählten nicht Worte, sondern eine ruhige Hand, Vertrauen und Sicherheit bei dem, was man tat. Tieren gegenüber musste er sich nicht geschliffen ausdrücken, um ernst genommen zu werden, er musste überhaupt nichts sagen. Davide Fontanari starrte in das dunkle Wasser des Flusses. Wahrscheinlich war der Kater gestorben. Er hatte ohnehin nicht viel Hoffnung gehabt, dass er sich wieder erholen würde. Dazu war er zu geschwächt gewesen. Eigentlich hatte es ausgesehen, als ob er schon aufgegeben hätte. Normalerweise riet er in solchen Fällen eher dazu, das Tier einzuschläfern, doch bei der jungen Frau hatte er diese Worte nicht über die Lippen gebracht. Vielleicht, weil sie offenbar auf diesen Gedanken gar nicht gekommen war. Sie schien so selbstverständlich dazu entschlossen, alles zu tun, was notwendig war, um dieses jämmerlich abgemagerte, verletzte Tier wieder auf seine drei Beine zu bringen, dass ihm gar nichts anderes übrig geblieben war, als ihr zu helfen, so gut er konnte. Kinder waren auch so. Brachten ihre kranken Meerschweinchen oder Kaninchen und glaubten fest daran, dass alles gut werden würde. Die Frau hatte allerdings nicht naiv gewirkt. Schüchtern, das schon, fast ein wenig furchtsam, aber gleichzeitig in der Sache vollkommen sicher. Er nickte langsam, ja, sicher war das Wort, das er die ganze Zeit gesucht hatte. Diese seltsame, von irgendwoher kommende, unerschütterliche Überzeugung, sich ohne Wenn und Aber um diese Katze kümmern zu wollen, hatte ihn berührt, ebenso wie ihr spontanes Geständnis, sich vor Menschen zu fürchten. Wer bitte gab so etwas einfach zu? Er hatte bei ihren Worten gestutzt, hätte gerne nachgefragt, obwohl es ihn gar nichts anging, doch wie meistens waren ihm nicht die richtigen Worte eingefallen, hatte er zu lange gezögert, und dann war es zu spät gewesen. Und jetzt würde er sie nie wiedersehen und folglich auch nie erfahren, ob es ihr gelungen war, den Kater gesund zu pflegen. Er wunderte sich ein wenig über das Gefühl von Verlust, das ihn bei diesem Gedanken streifte, und schüttelte den Kopf, um es zu vertreiben. Unter ihm floss das Wasser dunkel und träge dahin, und etwas weiter flussaufwärts tauchte ein erstes nächtliches Partyboot auf, Lichter spiegelten sich im Wasser, und Fetzen von Musik drangen zu ihm herauf. Er wandte sich ab und ging langsam durch die Gassen zurück zur Via del

Porto. Die Fenster der Praxis waren schon dunkel, Signora Mazza war längst nach Hause gegangen. Davide Fontanari seufzte und machte sich ebenfalls auf den Weg zu seinem verbeulten Fiat, der auf dem winzigen Privatparkplatz stand, der zu der Praxis gehörte und in dieser Stadt nicht mit Gold aufzuwiegen war. Morgen. Morgen würde er seine Sprechstundenhilfe in ihre Schranken weisen. Ganz sicher.

Federica war etwas nervös, als sie sich mit Bruno dem steinernen Denkmal zu Füßen setzte und vorsichtig die Pradatasche öffnete. Es war das erste Mal, dass sie ihn woanders hin mitnahm außer zur Arbeit, und dort ließ sie die Tasche selbstverständlich verschlossen. Was, wenn Bruno heraussprang und einfach davonlief? Aber andererseits war es seine Entscheidung gewesen zu bleiben, wie käme sie also dazu, ihm dies jetzt vorschreiben zu wollen? Schließlich ließ sie in der Bücherei ebenfalls die Tür immer offen stehen. Nur zu Hause trug sie ihn in der verschlossenen Tasche hinauf in ihre Wohnung, damit er Signora Bevilacqua nicht vor die Füße lief und damit möglicherweise einen unerfreulichen Disput über verbotene Haustierhaltung provozierte. Außerdem war es sicher nicht angenehm, mit drei Beinen so viele Stufen hochzusteigen. Hier allerdings blieb ihr gar nichts anderes übrig, als die Tasche zu öffnen, damit er sich umsehen konnte. Sie erklärte ihm, dass sie auf dem Campo de' Fiori waren und dass die steinerne Gestalt über ihnen seinen Namensvetter Giordano Bruno darstellte. Der

Kater hob den Kopf, sah sich wachsam um, und als er es für gefahrlos hielt, sprang er – für seine drei Beine erstaunlich elegant – heraus. Federica packte ihre noch lauwarme Pizza aus der Alufolie und teilte sie gerecht auf: Bruno bekam den Thunfisch, sie aß den Rest. Um diese Zeit war es hier angenehm ruhig, die meisten Menschen saßen in den umliegenden Restaurants beim Abendessen, und ansonsten gab es hier abends wenig zu sehen. Kauend warf sie einen Blick nach oben zu Giordano Bruno, dessen Gesicht unter der tiefen Kapuze in der Dunkelheit nicht zu erkennen war. Was würde er ihr raten? Sollte sie anfangen, sich von der Bücherei zu verabschieden? Aufgeben? Konnte man es überhaupt noch Aufgeben nennen, wenn eine Sache zwei Jahre lang überhaupt nicht funktioniert hatte? War es nicht eher ein Akzeptieren des Unvermeidlichen? Sie ahnte, dass Mimmo, Martino und Jo ihr dabei zustimmen würden. Trotzdem tat es weh, so etwas zu denken. Es tat weh, sich mit dem Gedanken zu befassen, dass der Traum womöglich schon längst ausgeträumt war und sie es nicht einmal bemerkt hatte. Sie streichelte Bruno, der sich neben sie gesetzt hatte und mit zuckender Nase und angespannten Muskeln die Umgebung betrachtete. »Sollen wir die Bücherei schließen? Was meinst du? Dann musst du auch niemanden mehr anfauchen.«

Die goldfarbenen Augen des Katers leuchteten im Licht der Straßenlaternen, während er ihren Worten zu lauschen schien. Doch wie bei Giordano Bruno kam natürlich keine Antwort. Federica biss sich auf die Lippen.

Aber was blieb dann? Was sollte sie tun ohne Bücherei? Trotz der Wärme, die von den noch aufgeheizten Steinen ausging, durchlief sie ein Schauer. Bisher war sie restlos davon überzeugt gewesen, die Bücherei sei ihre Lebensaufgabe und habe nur auf sie gewartet, sodass es ihr gar nicht in den Sinn gekommen war, dass damit irgendwann Schluss sein könnte. Plötzlich sehnte sie sich danach, sofort zurückzufahren. Sie wollte zurück zwischen ihre Bücher, um dort Trost und – vielleicht – eine Antwort zu finden.

Hastig öffnete sie die Tasche, und Bruno, der ihre Unruhe zu spüren schien, sprang sofort hinein. Während sie zurückfuhren, wieder am Lungotevere entlang, wo sich auf der anderen Seite gerade Davide Fontanari auf den Weg zu seinem alten Auto machte, spürte Federica, dass ihr Tränen über das Gesicht liefen. Sie fuhren zur Bücherei, die dunkel und verlassen dalag. Federica ging hinein und sperrte hinter sich die Tür wieder zu. Sie ließ Bruno aus der Tasche springen und zog die Schuhe aus. Mit schlafwandlerischer Sicherheit nahm sie ein Buch aus dem Regal, knipste das Licht neben dem Sofa an und kuschelte sich zwischen die Kissen. Bruno beobachtete sie irritiert. Etwas war seltsam an diesem Abend. Sie sollten nicht hier sein. Er nahm den veränderten Geruch wahr, spürte Federicas Angst. Und weil er kein Mensch war und nicht sprechen konnte, machte er das einzig Richtige, was in diesem Moment geboten war: Er sprang auf das Sofa, umkreiste Federica und ihr Buch einige Male vorsichtig und kletterte dann auf ihren Schoß, sodass ihr nichts anderes übrig blieb, als ihr Buch wegzulegen und ihn zu streicheln. Sie musste lächeln und stellte fest, dass es das erste Mal war, dass der Kater ihr von sich aus so nahe kam. Sie kraulte ihn hinter den Ohren, und er begann, laut zu schnurren. Nach einer Weile fielen ihr die Augen zu. Sie streckte sich auf dem Sofa aus. Ganz dicht an ihren Hals geschmiegt, rollte sich Bruno auf ihrer Brust zu einer kleinen schwarzen Kugel zusammen. Mit einem leisen Lächeln auf den Lippen schaltete Federica das Licht aus.

ELF

Wenn Ermano von der Poststelle gesehen hätte, dass Federica in dieser Nacht entgegen ihren Gewohnheiten in der Bücherei schlief und Bruno die Distanz aufgab, die er trotz allem noch immer gegenüber Federica bewahrt hatte, wäre ihm sofort klar gewesen, dass dies etwas zu bedeuten hatte. Er hätte sich an ihre neue Frisur erinnert und gewusst, dass Veränderung in der Luft lag. Veränderungen schicken ihre Zeichen voraus, sie kündigen sich an, lange bevor sie so deutlich zutage treten, dass jedermann sie bemerkt. In dieser schwülen Sommernacht, in der der Mond wie eine überreife Orange am Horizont hing, so als habe er nicht einmal mehr die Kraft, sich über den Himmel zu schieben, und in der die Menschen in der Stadt schlaflos in ihren Betten lagen und schwitzten, bewegte sich etwas. Ein paar winzige Rädchen drehten sich plötzlich andersherum, etwas rastete ein, etwas anderes löste sich, und von allen unbemerkt trat eine Veränderung ein, von der später niemals jemand hätte sagen können, warum sie passiert war. Niemand wäre vor allem je auf den Gedanken gekommen, dass die Ursache dafür in einem kleinen dreibeinigen Kater zu finden war, der fast schon sein Leben aufgegeben und sich dann doch noch anders entschieden hatte. Natürlich wusste auch der Kater selbst nichts von Rädchen und deren geheimnisvollen Umdrehungen, er ahnte nichts von einer Veränderung, die in dieser viel zu warmen Sommernacht in der Luft hing, und er sah auch nicht den Mond, der fahl orangefarben durch das von Unkraut bewachsene Fenster schien und die Bücher und Regale in ein unwirkliches Licht tauchte. Er spürte nur, dass der Duft, dem er sein Leben geschenkt hatte, plötzlich schwächer zu werden drohte. Er hatte zu flackern begonnen, und das bedeutete Gefahr. So ignorierte er seine Erfahrungen und alles, was sein bisheriges Leben ausgemacht hatte, noch ein weiteres Mal, sprang über seinen Schatten und folgte nur seinem Instinkt. Damit ging er ein Wagnis ein, das ungeheuerlich für einen Streunerkater wie ihn war. Dieses Wagnis hieß Nähe und Vertrauen, doch das wusste der Kater nicht. Er wusste nur, dass er dort sein musste, wo der Geruch noch stark war, und dass ihm dort nichts passieren würde. Und das genügte ihm.

Am nächsten Morgen wachte Federica gegen acht Uhr auf. Es war Sonntag, ihr freier Tag, und sie hätte bis Mittag schlafen können, wenn sie gewollt hätte. Doch die ungewohnte Umgebung machte sie in dem Augenblick munter, als sie ein Auge öffnete. Bruno schlief nicht mehr bei ihr, er saß vor dem zugewachsenen Fenster, wo grün gesprenkeltes Sonnenlicht hereinschien, und spähte aufmerksam durch das Blätterwerk. Man konnte merkwürdige Geräusche von draußen hören, halblautes Flüstern, das Knirschen von leichten Schritten auf dem

Kies. Federica sprang vom Sofa und sperrte die Tür auf. Die zwei Kinder, die davorstanden und Martinos Katzenwarnschild lasen, fuhren erschrocken zusammen. Es waren die beiden, die schon oft hier gewesen waren, sich aber nie näher herangetraut hatten. Der Junge, der die beiden Bücher in den Händen hielt, die sie an jenem Nachmittag, als Bruno gekommen war, mitgenommen hatten, ließ jetzt vor Nervosität eines davon fallen.

»Ciao!«, sagte Federica verwundert und rieb sich ihre Augen. »Was macht ihr denn schon so früh hier?«

Der Junge nahm seine Schwester an der Hand und sah sich nervös um. Er schien zu überlegen, ob es möglich wäre, einfach davonzulaufen, aber das Mädchen entzog sich seinem Griff und betrachtete Federica neugierig. »Wohnst du hier?«, fragte sie. Federica schüttelte lächelnd den Kopf. »Nein, ich habe nur ausnahmsweise hier übernachtet. Sonst bin ich nur nachmittags hier, aber das wisst ihr ja.« Sie warf einen Blick auf das Buch, das der Junge wieder aufgehoben hatte. »Wolltet ihr mir die Bücher zurückbringen?«

Der Junge nickte, noch immer stumm. Federica machte die Tür weiter auf. »Kommt rein. Ich habe Kekse und Pfirsichsaft.«

Das Mädchen strahlte und folgte Federica, ohne zu zögern. »Ich habe einen Riesenhunger«, sagte sie. Dann fiel ihr Blick auf Bruno, der reglos wie eine Statue auf der Fensterbank saß und sie mit großen, wachsamen Augen ansah. »Ist der wirklich so gefährlich?«, wollte sie ehrfürchtig wissen. »Matteo hat mir das Schild vorgelesen.«

Federica nahm die Schachtel mit den Schokoladenkeksen und legte einige davon auf einen Teller. Dann schenkte sie den beiden dicken gelben Pfirsichsaft in zwei kleine Gläser. »Er hat Angst vor fremden Menschen. Ihr solltet ihm daher nicht zu nahe kommen.«

»Wir haben gesehen, wie die Katzenfrau ihn gebracht hat«, ließ sich plötzlich der Junge vernehmen, der ihnen mit einigem Abstand gefolgt war. »Er war fast schon tot, nicht wahr? «

»Stimmt genau.« Federica nickte und reichte ihm das Glas. »Aber jetzt geht es ihm wieder gut.«

»Wir waren auch fast schon tot«, sagte das Mädchen und biss in einen Keks. »Um ein Haar, sagt Mama immer.«

Der Junge, der Matteo hieß, warf ihr einen mahnenden Blick zu. »Aber uns geht's auch wieder gut.«

»Mama nicht«, widersprach das Mädchen.

»Sei still!« Er nahm ihr forsch das Glas aus der Hand und stellte es auf den Tisch. »Wir müssen heim.«

»Nein, ich mag nicht.« Das Mädchen verzog das Gesicht, als ob es gleich zu weinen anfangen würde, und griff so heftig nach dem Glas, dass sie die Hälfte verschüttete. »Wir sind gerade erst gekommen. Und du magst auch nicht nach Hause! Hast du selbst gesagt.« Der Junge musterte sie finster, sagte aber nichts mehr.

»Trinkt doch erst mal in Ruhe den Saft aus«, schlug Federica vor. »Es ist schließlich Sonntag, und ihr habt sicher noch ein bisschen Zeit. Vielleicht wollt ihr euch neue Bücher aussuchen? Für die Ferien?«

Sie holte die übrigen Kinderbücher und legte sie vor die beiden hin. »Du heißt Matteo?«

Der Junge nickte.

»Und deine Schwester? Sie ist doch deine Schwester?« Wieder nickte er.

»Ich heiße Fiammetta, Flämmchen!«, sagte das Mädchen und griff nach einem Buch. »Weil ich gerade so überlebt habe, fast wäre ich ausgepustet worden.«

»Das will die Frau nicht wissen!«, fauchte Matteo seine Schwester an.

»Doch!«, widersprach Federica. »Ich heiße übrigens Federica. Und das ist Bruno.« Sie deutete auf den Kater.

Fiammetta winkte dem Kater mit schokoladeverschmierten Fingern zu. »Ciao, Bruno.« Dann schlug sie ein Buch auf und begann, sich die Bilder darin anzusehen.

Federica wandte sich Matteo zu. »Danke, dass ihr die Bücher zurückgebracht habt. Das war sehr anständig.«

»Wir sind doch keine Diebe«, sagte der Junge empört.

»Warum habt ihr mich denn dann nicht nach den Büchern gefragt, sondern sie heimlich mitgenommen?«, wollte Federica wissen. »Das ist doch eine Bücherei. Ich bin dazu da, Bücher zu verleihen.« Der Junge senkte den Kopf und gab keine Antwort.

»Matteo hat gemeint, du gibst Kindern sicher nicht einfach so Bücher mit. Da müssen erst die Eltern kommen und was unterschreiben. Aber unsere Mama kann nicht kommen, weil sie doch immer unter dem Tisch sitzt und …«

»Sei endlich still!« Der Junge schrie fast und packte seine Schwester grob am Arm. »Wir müssen jetzt gehen.« Er stand auf und zog seine Schwester mit hoch. Federica konnte sehen, dass er Tränen in den Augen hatte. »Wartet!«, rief sie und sprang ebenfalls auf. »Wartet doch!«

Der Junge blieb stehen, allerdings in sicherem Abstand, seine widerstrebende Schwester fest im Griff. »Es geht nicht«, sagte er und klang so, als habe er einen schweren Kampf auszufechten.

Federica bohrte nicht nach. Stattdessen nickte sie langsam. »Kommt ihr denn wieder?«, fragte sie. »Ich würde mich sehr freuen.«

Fiammetta nickte, doch der Junge zuckte nur mit den Schultern. »Vielleicht.« Dann gingen sie, und Federica schaute ihnen nach. Als sie um die Ecke bogen, sah sie, dass Fiammetta mit einer Hand das Buch hinter ihrem Rücken versteckt hielt, das sie sich gerade noch angesehen hatte, und da wusste sie, dass sie wiederkommen würden. Sie waren schließlich keine Diebe. Als sie zurück in die Bücherei ging, fiel ihr auf, dass Bruno weder gefaucht noch einen Versuch gemacht hatte, die Kinder zu kratzen. Er hatte sich die ganze Zeit nicht von seiner Fensterbank wegbewegt. Sie lobte ihn, gab ihm sein wohlverdientes Frühstück und begann dann nachdenklich, die Gläser und die Kekse wegzuräumen. Der gestrige Gedanke an eine Schließung der Bücherei war plötzlich wieder in weite Ferne gerückt. Die beiden würden wiederkommen und das Buch zurückbringen. Da durften sie nicht vor einer verschlossenen Tür stehen. Und vielleicht würde es Federica ja sogar gelingen, etwas mehr über die Geschichte mit ihrer Mutter herauszufinden. Es war keine schöne Geschichte, das ahnte sie schon, aber vielleicht gab es ja eine Lösung?

Matteo lief die Via del Arcangelo hinunter und bog auf die schattige Piazza Santa Maria Liberatrice ein, seine heulende Schwester Fiammetta im Schlepptau. Warum musste ausgerechnet heute Morgen die Frau da sein? Sie war doch immer nur nachmittags da, hatte sie ja selbst gesagt. Warum musste sie ausgerechnet heute dort übernachten? Er hatte extra den Sonntag ausgesucht, um die Bücher zurückzubringen, weil an dem Tag die Bücherei geschlossen hatte. Und dann war plötzlich die Tür aufgegangen! Er wäre fast in Ohnmacht gefallen. Aber das war noch nicht so schlimm. Er hätte nur nicht hineingehen und zulassen dürfen, dass Fiammetta drauflos plapperte. Sie war noch zu klein, verstand nicht, warum es wichtig war, nichts zu erzählen. Er würde noch besser auf sie aufpassen müssen. Jetzt war sie sauer auf ihn, heulte und wehrte sich gegen seinen Griff. Er zog sie auf eine Bank auf der Piazza und versuchte, ihr die Nase zu putzen, doch sie kreischte und schüttelte den Kopf, dass ihre schwarzen Zöpfe nur so flogen. »Sei doch still«, bat er leise. »Bitte, sei still.« Doch Fiammetta wollte nicht still sein. »Du bist böse«, schrie sie. »Hau ab! Ich hasse dich.« Obwohl er wusste, dass sie es nicht so meinte, trafen ihn die Worte. Trotzdem ließ er ihre kleine Hand nicht los.

Sie könnte davonlaufen, womöglich über die Straße, und ein Auto würde sie überfahren. Er schluckte schwer. Seine Mutter würde ihm das nie verzeihen. »Lass uns in den Supermarkt gehen und Kaugummi kaufen«, schlug er vor. »Ich habe Geld dabei.«

»Ich mag keinen Kaugummi«, schmollte Fiammetta. »Ich mag die Schokoladenkekse von der netten Frau. Ich mag die Katze streicheln, ich mag …«

»Das geht nicht, und das weißt du!«, fuhr Matteo sie an. »Sie ist nicht so nett, wie sie aussieht.«

»Ist sie doch. Sie ist ganz nett«, heulte Fiammetta. »Ich mag sie viel lieber als unsere Mama!«

»Sag das nicht!«, schrie er sie an. Er wollte es nicht, doch seine Hand landete ganz von allein hart auf Fiammettas vom Heulen ohnehin schon geröteter Wange. Es klatschte schrecklich laut. Erschrocken verstummte sie und sah ihren Bruder mit großen Augen an.

»Es tut mir leid, Fiammetta!« Matteo war noch mehr geschockt als seine Schwester, die sich langsam die Wange rieb. »Du hast mich geschlagen«, sagte sie verblüfft.

»Bitte, Fiammetta, entschuldige!«, bat er und spürte, wie ihm selbst die Tränen kamen. Grob wischte er sich über die Augen.

»Du heulst ja«, sagte seine kleine Schwester interessiert. »Heulst du, weil du mich geschlagen hast?«

Matteo schüttelte den Kopf. »Ich heul gar nicht«, würgte er mühsam hervor.

»Tust du doch!« Fiammetta ließ das Buch los, das sie den ganzen Weg über wie einen Schatz umklammert gehalten hatte, und streichelte seinen Arm. »Ich hass dich gar nicht wirklich.«

Matteo musste trotz seiner Tränen lächeln. »Ich weiß, Fiammetta.« Er stand auf. »Wenn du keinen Kaugummi magst, dann lass uns eben Schokoladenkekse kaufen«, schlug er vor.

Fiammetta strahlte. »Au ja! Vielleicht finden wir die gleichen wie bei der netten Frau. Da waren ganz große Stückchen drin.«

Sie gingen über die Straße und in den kleinen Supermarkt an der Piazza Santa Maria Liberatrice, der auch am Sonntagvormittag geöffnet hatte und bei dem sich Flavia Buonacuore vor langer Zeit einen Einkaufswagen ausgeliehen hatte. Das Bilderbuch aus Federicas Bücherei vergaßen sie auf der Parkbank.

Damit hätte die Geschichte zwischen Fiammetta, Matteo und Federica zu Ende sein können. War sie aber nicht. Das Buch blieb noch eine Weile dort liegen, unbeachtet von den wenigen Passanten, die an diesem Sonntagmorgen hier vorbeigingen. Es war das Wochenende vor Beginn der großen Ferien. Alle, die nicht arbeiten mussten, verbrachten den Tag mit ihrer Familie am Meer, einige Römer hatten bereits ihre Koffer gepackt und waren in ihre Sommerhäuser an der Küste oder in den Bergen geflüchtet, froh, der mörderischen Hitze für eine Weile entrinnen zu können. Die Stadt begann sich langsam zu entvölkern. Anfang August würde dieser Prozess seinen Höhepunkt erreicht haben. Dann war die Arbeit in den städtischen Behörden und in den meisten Firmen zum Erliegen gekommen, Faxgeräte waren abgestellt worden, E-Mail-Empfänger verschickten nur noch automatische Abwesenheitsmitteilungen in drei Sprachen, sogar viele Restaurants und Geschäfte in den Vierteln abseits der Sehenswürdigkeiten ließen die schweren Eisenrollos mindestens bis *Ferragosto*, Mariä Himmelfahrt, heruntergezogen. Wehe dem, der dann noch eine amtliche Bescheinigung für irgendetwas benötigte, wehe dem, der noch auf eine dringend benötigte Lieferung wartete, wehe dem, der in dieser Zeit Hunger auf seine Lieblingspizza in der Pizzeria um die Ecke oder aber – Gott bewahre – Zahnschmerzen verspürte. Man durfte in dieser Zeit keine Zahnschmerzen bekommen, jedenfalls nicht erwarten, dass man behandelt wurde. Man konnte also durchaus behaupten, dass die Ferienzeit, die jetzt begann, in mancherlei Hinsicht entbehrungsreich bis problematisch für die Daheimgebliebenen war. Dafür aber wurde man, wenn man nicht gerade als Touristenführer oder Legionär arbeitete, mit einer ungewöhnlich stillen, entspannten Stadt entschädigt, die einen in den glasklaren Abendstunden mit einem Feuerwerk von Rottönen über dem Palatin und den Caracalla-Thermen entschädigte. Mit einer geheimnisvoll verwandelten, einer überraschend wohlgesinnten Stadt, in der es passieren konnte, dass man an manchem Abend von Nachbarn zu einem spontanen Fest eingeladen wurde. Von Leuten, mit denen man den Rest des Jahres kaum zu tun hatte, um dann mit ihnen und etlichen Fremden an einem langen Tisch mitten auf der Piazza, in einer Gasse oder dem Hinterhof zu sitzen und Rotwein vom Land zu trinken, den irgendjemand von irgendeinem *zio*, Onkel, aus der *campagna* in großen bauchigen, unetikettierten Flaschen mitgebracht hatte und der besser schmeckte als jeder preisgekrönte Wein, den man je gekostet hatte. An solchen Abenden aß man von verschiedenen, zusammengewürfelten Tellern göttliche Pasta *aglio, olio e peperoncino*, Löwenzahnsalat mit grünen Tomaten und *mozzarella di bufala*, flirtete mit einem oder einer Unbekannten und verspürte Lust, zu tanzen und niemals wieder schlafen zu gehen. Es war die Zeit, in der man begriff, was Sommer bedeutete, auch wenn man ihn nicht am Meer verbrachte, nicht die Zehen im Sand vergrub und das Salz auf den Lippen schmeckte. An diesen Abenden verstand man – den Geschmack des Rotweins auf der Zunge und über sich den leuchtenden Himmel –, dass Sommer keine Jahreszeit war, sondern ein Gefühl, eine Erinnerung an etwas, was man irgendwann gewusst hatte, als es noch keine Sorgen gab und man wunschlos glücklich sein durfte. Diese Zeit, in der solche Dinge möglich waren, in der die Straßen stiller wurden, die Nächte freundlicher, in der man plötzlich Lust zu tanzen verspüren konnte, brach nun an, an jenem Sonntag vor den großen Ferien, an dem Matteo Fiammetta geohrfeigt hatte, ohne es zu wollen, und dann mit ihr Schokoladenkekse kaufen gegangen war. Noch näherte sie sich langsam, diese Zeit, verhalten, doch sie schickte schon ihre Vorboten voraus: Die Mütter mit ihren Kindern, die sich an normalen Sonntagvormittagen immer für einen kurzen Plausch auf dem baumbestandenen, schattigen Platz vor der Kirche Santa Maria Liberatrice trafen, waren heute nicht da. So bemerkte auch niemand das Bilderbuch, das Fiammetta dort auf der Bank vergessen hatte. Als Matteo und Fiammetta aus dem Supermarkt kamen, dachten sie auch nicht mehr daran, Fiammettas Gedanken richteten sich auf die Packung Schokoladenkekse in der Hand ihres Bruders, und Matteos Gedanken kreisten um ihre Mutter und darum, dass sie sie schon viel zu lange allein gelassen hatten. Als sie den Platz vor der Kirche überquerten, deren Glockengeläut besagte, dass es bereits zehn Uhr war, wurde er von einer plötzlichen Unruhe erfasst und glaubte zu ahnen, dass etwas Furchtbares passiert sei. Er fing an zu laufen, noch immer seine Schwester fest im Griff, so fest, als wären sie zusammengewachsen. Als er in ihre Straße einbog, vermeinte er schon Rauch riechen zu können, den Geruch verbrannter Haare, fast meinte er auch, seine Mutter dort auf dem Bürgersteig liegen zu sehen, mit zerschmetterten Gliedern, oder aber ein Polizeiauto, Blaulicht, Krankenwagen, Männer mit ernstem Gesichtsausdruck, kopfschüttelnd, gleichgültig, wie es Erwachsene nun einmal waren. Doch wie immer bisher, wenn ihn solche Gedanken in Panik versetzten, war nichts von alledem zu sehen. Die Straße, die sich schnurgerade dem Scherbenhaufen des Monte Testaccio näherte, lag wie ausgestorben in der Vormittagssonne. Der kleine orangefarbene Wohnblock, wo sich im dritten Stock ihre Wohnung befand, schien unverändert, keine Katastrophen hatten sich ereignet. Zumindest keine sichtbaren. Die unsichtbaren Katastrophen, die sich in unregelmäßigen, nicht vorhersehbaren Abständen im Kopf seiner Mutter abspielten, waren zwar ebenfalls schlimm, doch damit konnte er umgehen, zumindest meistens. Heute Morgen jedoch, als er seine Mutter schon wieder zitternd unter dem Küchentisch gefunden hatte, war es ihm plötzlich zu viel geworden. Anstatt wie sonst vorsichtig zu ihr zu kriechen, sie zu trösten, ihr die wirren Haare aus dem Gesicht zu streichen und zu versuchen, sie behutsam herauszuziehen, hatte er nur stumm dagestanden und dann auf dem Absatz kehrtgemacht. Er war zurück ins Kinderzimmer gegangen, um Fiammetta zu wecken, und hatte ihr vorgeschlagen, jetzt gleich die beiden Bücher zurückzugeben. Fiammetta war sofort Feuer und Flamme gewesen und hatte sich in Windeseile angezogen. Er hatte ihr noch ordentliche Zöpfchen geflochten und die Schnallen ihrer rosafarbenen Sandalen zugemacht, und dann wollte er eigentlich sofort gehen, doch Fiammetta war dummerweise noch in die Küche gelaufen, um sich ein Glas Milch zu holen, und hatte ihre Mutter unter dem Tisch entdeckt. Es schnitt Matteo immer tief ins Herz, wenn er sah, wie seine fünfjährige Schwester ihre Mutter anschaute, die wie ein furchtsames Tier unter dem Tisch kauerte und kein Wort sprach. Jedes Mal spürte er ihre tiefe Enttäuschung darüber, dass sich die Hoffnung auf eine normale Mutter, die sich jeden Morgen anzog, wusch und frisierte, in der Küche stand und Frühstück für sie machte, wieder einmal zerschlagen hatte. Er sah ihren Blick, und es tat ihm unendlich weh, gleichzeitig aber fürchtete er sich vor dem Tag, an dem Fiammettas Enttäuschung verschwunden sein würde, weil er wusste, dass sie damit auch ihre Hoffnung verloren hatte. Genauso fürchtete er sich davor, dass er selbst seine Mutter irgendwann einmal aufgeben würde. Und doch konnte er es manchmal kaum aushalten. So auch heute Morgen. Er hatte Fiammetta gepackt, einfach aus der Küche hinausgezogen, hatte die Tür hinter sich ins Schloss fallen lassen und war losgegangen, viel zu schnell für die kleinen Beine seiner Schwester und angefüllt mit schlechtem Gewissen, seiner Mutter nicht geholfen zu haben. Es nicht einmal versucht zu haben, einfach weggegangen zu sein. So war es immer. Einerseits hatte er das Bedürfnis, einfach wegzulaufen, andererseits konnte er, wenn er es tat oder auch nur daran dachte, vor schlechtem Gewissen kaum noch atmen. Es gab keine Lösung, und er wusste es. Seit sein Vater nicht mehr kam, war nur noch er da und musste sich um alles kümmern. Matteo krümmte die Schultern, als ihm dies wieder einmal klar wurde, und begann, mit schweren Schritten die Stufen zu ihrer Wohnung hinaufzusteigen. Was würde ihn erwarten? Unwillkürlich packte er Fiammettas Hand, die sich aus seiner stehlen wollte, wieder fester. Doch heute war es gut. Als er voller unterdrückter Panik mit zitternden Händen die Wohnungstür aufsperrte, alle Sinne aufs Äußerste gespannt, um sofort reagieren zu können, um Fiammetta wegzudrehen, ihr die Augen zuzuhalten, sie in das Kinderzimmer schieben zu können, war es gut. Seine Mutter saß nicht mehr unter dem Tisch, sondern auf dem Sofa im Wohnzimmer. Sie war frisch angezogen und frisiert, fast hübsch sah sie aus, fast wie früher. Fiammetta, die dankbar war für alles, was normal wirkte, stieß einen kleinen Schrei des Entzückens aus und stürzte sich ihrer Mutter in die Arme. Matteo blieb an der Tür stehen.

Seine Mutter strich Fiammetta über den Kopf und wandte sich dann ihm zu. »Wo wart ihr denn?« Sie versuchte ein Lächeln, sie bemühte sich, und Matteo freute sich darüber, doch anders als Fiammetta ließ er sich nicht davon täuschen. Er hörte die Scherben in ihrer Stimme, und er sah die Scherben auch in ihren dunklen Augen, die jeden Glanz verloren hatten und ihn an die leeren Fensterhöhlen erinnerten, die er zuletzt gesehen hatte, als sie endgültig von zu Hause weggegangen waren. Jedes Mal, wenn er versuchte, ihrem Blick standzuhalten, meinte er wieder, den dicken grauen Staub zu riechen und zu schmecken, hörte er wieder die Schreie, die von überall her kamen, und das unheilvolle Dröhnen, das die Welt, die er gekannt hatte, in wenigen Augenblicken für immer zerstört hatte. Fiammetta wusste von alldem nichts, sie war zu klein gewesen, als es passierte, noch nicht einmal ein halbes Jahr alt. Sie kannte ihre Mutter auch nur so, wie sie jetzt war. Matteo hatte sie noch anders gekannt, früher, als die Scherben noch nicht in ihren Augen gewesen waren, nicht die dunklen Schatten und nicht das Zittern in ihren Mundwinkeln. Er wusste, wie sich ihr Lachen anhörte, und er konnte sich an ihre warmen Augen erinnern, die gestrahlt und Geborgenheit versprochen hatten. Jetzt sah er darin nur noch Verlorenheit und die ständige Bitte, sie zu retten. Was er nicht konnte. Er war nur ein Kind. Trotzdem ging er jetzt zu ihr und ließ sich von ihr in den Arm nehmen.

Fiammetta sprudelte bereits los: »Wir haben Kekse gekauft, schau, und wir waren bei der Frau mit der gefährlichen Katze.«

»Gefährliche Katze?«, fragte seine Mutter und sah unsicher zu ihm, als fürchte sie, etwas vergessen zu haben, was sie eigentlich hätte wissen müssen. »Was für eine gefährliche Katze?«

»Die Frau mit dem Bücherladen, wo man sich umsonst Bücher ausleihen darf, hat eine Katze, die bewacht die Bücher und …«, plapperte Fiammetta weiter und stockte plötzlich. Sie sah Matteo erschrocken an. »Ich hab das Buch verloren.« Ihr Gesicht verzog sich, und Tränen traten in ihre Augen. »Ich wollte es dir mitbringen, Mamma, damit du es mir vorlesen kannst.«

Vorlesen war das Einzige, das Matteos Mutter bisweilen aus ihrer Erstarrung locken konnte. Sie schien sich dann an andere Zeiten zu erinnern. Wenn sie in den Büchern blätterte, sich die Bilder ansah und schließlich langsam und mit stockender Stimme vorzulesen begann, konnte man sehen, wie sich ihre Angst zurückzog, ganz so, als sei sie machtlos gegen den Grüffelo, die Diafana, Barbapapa oder Pettersson und Findus. Matteo sprang auf. »Ich hole es!«, rief er und war schon zur Tür hinaus, noch bevor Fiammetta oder seine Mutter ein Wort sagen konnten.

ZWÖLF

Flavia Buonacuore hatte sich Zigaretten gekauft. Sie kaufte sie immer sonntags bei Lello, einem alten Schwarzmarkthändler, der in einer schmalen Seitenstraße nicht weit von ihrer Wohnung in einem einzigen dunklen Zimmer hauste. Ein Mal im Monat, morgens pünktlich um halb zehn, klopfte sie an seine Tür, die immer offen stand. Meist saß Lello barfuß, in Unterhemd und Jogginghose am Tisch und las die Zeitung. Lello, der eigentlich Gabriel Hernandez hieß, war um die siebzig und mager wie eine indische Kuh. Er trug tagein, tagaus eine speckige Jogginghose in den Farben des Fußballvereins AS Roma, die um seine knochigen Hüften hing wie eine vergessene rot-gelbe Fahne, und seine Oberarme, die früher einmal muskulös gewesen sein mochten, schlackerten bei jeder Bewegung wie dunkle, von der Sonne vertrocknete Lederlappen. Sein Spitzname war *Lo Spagnolo*, denn er war Spanier und während der Wirren des spanischen Bürgerkrieges mit seiner Mutter in Rom gestrandet und geblieben. Die wenigen spärlichen Haare, die er noch besaß, waren noch immer rabenschwarz, und er trug sie stets gegelt und straff zurückgekämmt wie der Gangster, der er auch Zeit seines Lebens gewesen war. Heute, nach einer misslungenen Bandscheibenoperation und mit Prostataproblemen, beschränkte Lello sein Gangstertum auf Schwarzbrennerei und Zigarettenschmuggel. Trotzdem achteten ihn die Leute des Viertels, die ihn von früher kannten, noch immer als einen, der Probleme lösen konnte. Manchmal fragten sie ihn um Rat oder baten ihn, bei irgendwelchen Schwierigkeiten, die niemanden etwas angingen, vermittelnd einzugreifen. Es blieb stets ein Geheimnis, worin seine Vermittlungstätigkeit bestand, doch wie man hörte, war sie meist von Erfolg gekrönt. Er wusste einfach über alles Bescheid. Für Flavia, die ihn kannte, seit sie hierhergezogen war, hielt Lello stets eine Stange Zigaretten der Marke Nil bereit und verkaufte sie ihr schachtelweise zu einem guten Preis. Immer sonntags. Seit achtunddreißig Jahren. Flavia rauchte auch nur sonntags. Rauchen war eine Erinnerung für sie, und Erinnerungen gestattete sie sich nur sonntags. Wenn das Wetter schön war, begann ihr Sonntag auf einer Parkbank auf der Piazza Santa Maria Liberatrice mit einer Zigarette. Sie rauchte seit einundfünfzig Jahren die gleiche Sorte, und schon der Geschmack der Zigarette erinnerte sie an alte Zeiten. Wenn es ihre Marke einmal nicht mehr zu kaufen gab, was wohl, wie Lello seit einiger Zeit unkte, bald der Fall sein könnte, würde sie auch aufhören zu rauchen, und erneut würde eine Erinnerung im Nirgendwo verschwinden.

»Hab die Gören wieder gesehen«, hatte ihr Lello heute zwischen zwei Zeitungsseiten zugemurmelt. »Wieder allein.«

Flavia hatte aufgehorcht. Die beiden Kinder waren seit einiger Zeit Objekt erhöhter Aufmerksamkeit. Nicht weil sie etwas angestellt hatten, dazu waren sie wohl noch zu jung, das Mädchen vielleicht vier oder fünf, der Junge höchstens um die elf, zwölf Jahre alt, sondern weil sie immer allein unterwegs waren. Und sie waren viel unterwegs. Lello hatte Flavia bereits vor einigen Monaten darauf aufmerksam gemacht. Die Familie lebte jetzt schon über ein Jahr hier im Viertel, in dem alten Wohnblock nicht weit von der Kirche Santa Maria Liberatrice. Früher hatte man die Mutter noch manchmal gesehen, eine sehr blasse, zierliche Person, fast selbst noch ein Kind, doch in letzter Zeit nicht mehr. Die Kinder gingen morgens ordentlich zur Schule, wie Lello von seinem Beobachtungsposten an der offenen Tür festgestellt hatte, und sie gingen nachmittags wieder heim, immer zu zweit. Später trieben sie sich am Monte Testaccio oder in der Nähe der Pyramide herum, und gegen Abend kauften sie manchmal im kleinen Supermarkt an der Ecke ein. Flavia hatte sie dort schon öfter beobachtet, der Junge schleppte dann schwere Tüten mit Lebensmitteln und hielt trotzdem das kleine Mädchen fest an der Hand. Nie war jemand bei ihnen, kein anderes Kind, kein Erwachsener, nicht einmal an den Wochenenden. Wie Lello war Flavia der Meinung, dass hier etwas nicht in Ordnung war. Sie nickte daher, als Lello diese Bemerkung machte, und nahm sich vor, die Kinder einmal anzusprechen, wenn sie ihr über den Weg liefen. Allerdings wusste sie jetzt schon, dass es nicht viel bringen würde. Sie würden nicht mit ihr reden, und wenn doch, würde sie nichts Entscheidendes erfahren. Wer würde sich schon der verrückten Katzenfrau anvertrauen?

Als sie ihre übliche Parkbank im Schatten einer großen, duftenden Pinie ansteuerte, sah sie etwas liegen, was nicht dorthin gehörte: ein Buch. Es war ein Kinderbuch, großformatig, mit vielen Bildern und wenig Text. Sie blätterte ein wenig darin herum, bemerkte den Büchereistempel der *Libreria Due Mondi* im Einband und schob es dann in ihre Tasche. Darum konnte sie sich später auch noch kümmern, jetzt war erst die Zigarette dran. Mit dem Rauch, der sich mit dem flirrenden Vormittagslicht zwischen den Pinien vermischte, kehrten Bilder zu ihr zurück, die sie seit fast vierzig Jahren erfolgreich verdrängt hatte und sich nur an Sonntagen gestattete. Ein Abend in einer Bar in der Nähe der Piazza di Spagna beispielsweise, laute Gespräche, Cocktails, Jazzmusik im Hintergrund. Sie sah wieder sein Gesicht, halb verborgen vom Zigarettendunst, kantig und rau wie ein Stein und gleichzeitig so schön. Seine getriebene, gehetzte Energie, die sich auf alle übertrug, die mit ihm arbeiteten, und die Verletzlichkeit in seinen Augen. Sie sah das Filmset, erinnerte sich an die Aufnahmen irgendwo an den maroden Rändern der Stadt, die freien, brachliegenden Felder in der staubigen Sonne. Sie spürte das Auge der Kamera auf ihrem Körper, ganz nah, es tastete sich an ihr entlang, und sie hob ihre Haare langsam hoch, drehte den Kopf und warf der Kamera diesen frechen, fast unverschämten

Blick zu, den sie damals so gut beherrschte. Er hatte diesen Blick geliebt. Er war der Grund gewesen, warum sie die Rolle bekommen hatte. Sie versuchte, noch andere Erinnerungen hervorzukramen. Tanzen in einer Hotelbar an der Via Veneto, Blitzlichtgewitter, sein stilles, zufriedenes Lächeln, wenn sie zusammen bei Freunden saßen, Grappa und Wein und seltsame Gespräche um vier Uhr morgens. Damals war sie so glücklich gewesen wie nie vorher und nie mehr danach. Doch dann schob sich unvermittelt sein Sarg wieder zwischen die schönen Bilder und die graue Leere danach. Untertauchen, vergessen, verschwinden, das war das Einzige, was sie damals gedacht hatte. Bis heute. An jedem einzelnen Tag außer am Sonntag. Die Zigarette war zu Ende, und Flavia überlegte, ob sie sich sofort eine neue anzünden oder noch ein paar Minuten warten sollte. Über ihr zwitscherten die Spatzen, und man konnte hören, wie eine Frau etwas aus dem Fenster auf die Straße zu ihren Kindern hinunterrief. Ein Junge kam den sandigen Weg herangelaufen, er war außer Atem und blieb direkt vor ihr stehen. Flavia kniff die Augen zusammen und musterte ihn. Es war der Junge, über den sie heute Morgen mit Lello gesprochen hatte.

»Buongiorno Signora«, sagte er und wischte sich die verschwitzen Haare aus der Stirn.

Flavia hob eine Augenbraue. *Signora!* Wann hatte sie das das letzte Mal gehört? Noch dazu von einem kleinen Rotzlöffel wie diesem? Normalerweise riefen Kinder seines Alters ihr nur Spottnamen hinterher.

»Buongiorno Signore«, gab sie etwas spöttisch zurück.

Der Junge stutzte kurz, zappelte ein wenig herum und sagte dann, ohne ihre Ironie zu bemerken: »Haben Sie ein Buch gefunden, Signora?«

»Hast du denn eines verloren?« Flavia beschloss, dass jetzt der richtige Zeitpunkt für eine zweite Zigarette gekommen war.

»Ja, ich meine, nein, meine Schwester hat es hier vergessen.«

»Das hübsche kleine Ding mit den Zöpfen?« Flavia nahm einen tiefen Zug und schaute den Rauchkringeln nach, die sie noch immer perfekt zustande brachte.

Der Junge nickte vage. Ihre Rauchkringel interessierten ihn nicht. Er trat von einem Bein auf das andere und wirkte äußerst angespannt.

»Wo ist denn deine Schwester?«, wollte Flavia wissen.

»Zu Hause.«

»Ganz allein? Sie ist doch noch recht klein.«
»Nicht allein. Meine Mutter ist da. Haben Sie jetzt ein Buch gefunden oder nicht?«

»Deine Mutter habe ich schon ziemlich lange nicht mehr hier gesehen, ist sie krank?«

In dem Jungen ging eine Veränderung vor sich. Gerade eben noch zappelig und unruhig, erstarrte er, und in seinem Gesicht zeigte sich plötzlich Furcht. »Kennen Sie meine Mutter?«

»Kennen würde ich nicht sagen.« Flavia schüttelte

den Kopf. »Ich habe sie nur ab und zu mit euch beim Einkaufen gesehen und jetzt schon länger nicht mehr, da dachte ich …«

»Sie hat eine neue Arbeit. Schichtdienst im Krankenhaus«, sagte der Junge schnell. Zu schnell.

»Ah.« Flavia nickte leichthin. »Das ist gut. Arbeit ist immer gut.« Dann zog sie das Buch aus ihrer Tasche. »Meintest du dieses Buch?«

»Ja!« Der Junge strahlte, und Flavia bemerkte plötzlich, wie hübsch er war. Er würde einmal ein gut aussehender junger Mann werden. »Wie heißt du?«

»Matteo.«

»Und weiter?«

»Bianchi. Matteo Bianchi.«

Sie reichte ihm das Buch und fragte: »Das ist aus der kleinen Bücherei am Mattatoio, nicht wahr?«

»Ja.« Man konnte dem Jungen ansehen, dass er es eilig hatte fortzukommen, nur aus erzwungener Höflichkeit noch stehen blieb.

»Weißt du, ob es dort eine Katze gibt?«, fragte Flavia plötzlich.

»Aber ja!« Der Junge sah sie irritiert an. »Das wissen Sie doch. Sie haben sie ja hingebracht.«

»Stimmt.« Flavia musste lächeln. Offenbar gab es noch jemanden hier, der mehr wusste, als man erwarten konnte. »Dann hat sie überlebt?«

Der Junge nickte. »Es ist ein Kater. Er hat nur drei Beine und heißt Bruno. Und er ist gefährlich.«

»Warum denn gefährlich?«

»Er bewacht die Bücher. Nur Leute, die er mag, dürfen welche ausleihen.«

»Oh.« Flavia deutete auf das Buch in seiner Hand. »Dann mag er dich also?«

Der Junge zuckte mit den Schultern. »Weiß nicht. Aber er mag meine Schwester.«

Flavias Lächeln wurde breiter: »Ich bin sicher, dich mag er auch, Matteo Bianchi.«

Als der Junge davonflitzte, sah Flavia ihm ein Weilchen nachdenklich hinterher und zündete sich dann, entgegen ihrer Gewohnheit, gleich noch die dritte Zigarette des Tages an. Normalerweise ging sie dafür zu Raffi in die Bar, aß zuvor noch ein Eis und trank einen *caffè*. Aber manchmal musste man seine Gewohnheiten ein wenig modifizieren. Sie dachte an das Häuflein Elend, das sie vom Straßenrand aufgelesen und ratlos auf dem Sofa in der kleinen Bücherei zurückgelassen hatte. Wie lange war das her? Zwei, drei Wochen? Sie wusste es nicht. Die ganze Zeit hatte sie sich verboten, an das Tier zu denken, und beinahe hatte sie es tatsächlich vergessen. Sie war so gut im Vergessen. Fast zu gut. Langsam stand sie auf und zupfte ihre Röcke und Blusen zurecht. Die Katze hatte tatsächlich überlebt. Das war unglaublich. Vielleicht sollte sie diesem Mädchen aus der Bücherei einmal einen Besuch abstatten.

DREIZEHN

Bruno, dessen Überleben Flavia Buonacuore so in Erstaunen versetzt hatte, dass sie entgegen ihrer strikten Gewohnheit ihre dritte Sonntagszigarette noch auf der Parkbank rauchte, überraschte an diesem Sonntag auch Federica. Als sie gegen Mittag zurück in ihre Wohnung fahren wollte, weigerte sich der Kater, in die Tasche zu springen. Das war noch nie vorgekommen. Federica hielt ihm die Tasche weit auf, bat ihn hineinzuspringen, doch der Kater blieb wie angewachsen auf seinem neuen Lieblingsplatz, der Fensterbank vor dem zugewachsenen Fenster, sitzen. Sogar als Federica so tat, als würde sie ohne ihn gehen, blieb er ungerührt. Federica verstand nicht, was in ihn gefahren war. Sie konnte es auch nicht verstehen. Bruno verstand es selbst nicht. Jedenfalls nicht auf die Weise, wie Menschen Dinge zu verstehen glauben. Doch in der vergangenen Nacht, als er gespürt hatte, dass der Geruch, der ihn am Leben erhalten hatte, weniger zu werden begann, hatte ihm sein Instinkt gesagt, dass es an diesem Raum lag. Er musste diesen Raum behüten, denn der Raum und die Frau hingen offenbar auf geheimnisvolle, für Katzenhirne nicht verständliche Weise zusammen. Und so beschloss er, einfach das zu tun, was er immer tat, nämlich seinem Katzeninstinkt zu folgen und hierzubleiben. Federica hingegen wusste nichts von den Befehlen, die Brunos Instinkt ihm erteilte, und betrachtete daher ratlos ihren eigensinnigen Freund. »Was ist los?«, fragte sie. »Warum willst du nicht mehr mit mir mitkommen?« Der Kater musterte sie einen Moment lang ruhig aus seinen goldfarbenen Augen und begann dann, mit äußerster Sorgfalt seine linke Vorderpfote zu putzen. Federica seufzte und beschloss, seine Entscheidung zu akzeptieren. Da er bisher immer ganz allein und höchst freiwillig in die Tasche gesprungen war, sobald sie Anstalten gemacht hatte wegzugehen, kam ihr nicht in den Sinn, den Kater einfach hochzuheben und ihn gegen seinen Willen in die Tasche zu setzen. Sie stellte ihm stattdessen ein Schälchen mit Wasser und eines mit Trockenfutter hin, und nach einigem Zögern öffnete sie das Fenster einen Spalt. Dann nahm sie das oberste Brett aus einem der Bücherregale und legte es draußen an das zugewachsene Fenster an, sodass er bequem hinaus- und wieder hereinklettern konnte, wobei sie inständig hoffte, dass er noch da war, wenn sie wieder zurückkam. Am Ende ermahnte sie ihn noch, keine Dummheiten zu machen und nicht auf das Sofa zu pinkeln, und versprach ihm, am Abend wiederzukommen und nach ihm zu sehen. Vielleicht hätte er es sich bis dahin anders überlegt und würde doch mit nach Hause kommen wollen. Der Kater schnurrte ein wenig, als sie ihm über den Kopf strich, und schloss die Augen halb, doch er rührte sich nicht. Und so blieb ihr nichts anderes übrig, als ohne ihn zu gehen.

Es kam ihr merkwürdig vor, ohne Bruno nach Hause zu fahren. Obwohl ihr das Alleinsein früher nie etwas ausgemacht hatte, fühlte sie sich jetzt, nachdem der Kater nicht mehr hinter ihr in seiner Tasche saß, plötzlich verlassen. Und dieses Gefühl zog sorgenvolle Gedanken an wie ein klebriger Fleck die Ameisen: Was, wenn das nur der Anfang eines endgültigen Abschieds war? Wenn Bruno einfach nicht mehr bei ihr bleiben wollte, weglief und nie mehr wiederkam? Federicas Magen zog sich schmerzhaft zusammen, und sie hatte das dringende Bedürfnis, auf der Stelle umzukehren und den Kater einzupacken, ob er wollte oder nicht, nur um dieses trostlose Gefühl der Verlassenheit loszuwerden. Doch sie tat es nicht. Sie fuhr nach Hause, langsam und vorsichtig, so als säße der Kater hinter ihr. Sie duschte, machte sich etwas zu essen und setzte sich auf das Sofa. Es war stickig in der Wohnung. Die Sonne brannte durch die offene Balkontür, und nicht einmal die halb geschlossenen Fensterläden konnten die Hitze abwehren. Sie verriegelte die Läden, schloss die Fenster, zog auch noch die Vorhänge zu und schaltete das Licht ein. Dann nahm sie sich das Buch, das sie vor wenigen Tagen zu lesen begonnen hatte, doch erstaunlicherweise gelang es ihr nicht, sich auf die Geschichte zu konzentrieren. Sie musste jede Zeile ein zweites und drittes Mal lesen, und schließlich legte sie das Buch weg. Sie konnte sich nicht daran erinnern, wann es schon einmal vorgekommen war, dass ihr das Lesen keinen Spaß mehr machte, und das verwirrte sie. Es war still in der Wohnung, still und heiß wie in einem Backofen. Zum ersten Mal, seit sie hier lebte, kam ihr das Ticken der Küchenuhr aufdringlich laut vor. Auch wenn Bruno kaum Geräusche gemacht hatte, so hatte sie doch immer etwas von ihm gehört und hatte gespürt, dass außer ihr selbst noch jemand anderes in der Wohnung war. Jetzt hörte sie nur das Ticken der Uhr und ihren eigenen Atem. Sie war allein, und das schien ihr plötzlich unerträglich.

Nach weiteren fünf Minuten, in denen sie nichts anders tat, als dem Ticken der Uhr zuzuhören und dabei zu spüren, wie sich in ihrem Nacken und zwischen ihren Schulterblättern der Schweiß sammelte, stand sie abrupt auf, zog die Vorhänge beiseite, öffnete das Fenster und die Läden und trat auf den Balkon. Die Sonne stach ihr in die Augen, und sie hörte unten im Hof Kichern, immer wieder unterbrochen von lauten Lachsalven. Es waren Sabrina, die vierzehnjährige Tochter von Pasquale aus der Trattoria, und deren Freundinnen. Alle vier in identisch kurzen Hotpants, bunten Trägertops und Flip-Flops, die langen, glänzenden Haare zu hohen Knoten gebunden, die ihre schmalen Nacken freigaben, standen sie zwischen den Palmen und fotografierten sich gegenseitig mit ihren Smartphones. Federica sah ihnen eine Weile dabei zu, wie sie dazu ihre Sonnenbrillen tauschten, Grimassen machten und sich dabei bogen vor Lachen. Als sie den Hof verließen, ging Federica auch zurück in ihre Wohnung. Das fröhliche Lachen der jungen Mädchen noch im Ohr, zog sie sich ein neues Kleid an, das sie vor einiger Zeit in Erwartung des Sommers am Markt gekauft und noch nie getragen hatte, weil sie plötzlich befürchtet hatte, dass es ihr nicht stand, zu auffallend war und ihre helle Haut noch blasser wirken ließ. Heute war es ihr egal. Das Kleid war klatschmohnrot, hatte breite Träger und einen hübschen viereckigen Ausschnitt. Sie stellte sich vor den Spiegel und versuchte, ihre Haare zu einem ähnlich lockeren Knoten aufzudrehen, wie ihn die Mädchen getragen hatten. Es hatte so leicht und sorglos ausgesehen. Nach einigen Versuchen gelang es ihr tatsächlich, auch wenn der kleine wuschelige Dutt an ihrem Hinterkopf weit entfernt von den dicken, glänzend braunen und schwarzen Knoten der Mädchen war. Dafür begannen sich jetzt die feinen Haare im Nacken und an den Schläfen zu kräuseln. Es war zu heiß. Sie musste raus aus der Wohnung. Wenn sie schon allein gelassen worden war und nicht einmal das Lesen Spaß machte, dann musste sie eben etwas unternehmen. Sie leerte ihre Haushaltskasse aus, nahm zögernd einen Fünfzig-Euro-Schein und beschloss, dass sie es sich leisten konnte, ihn auszugeben. Unten im Hof drückte sie den Helm vorsichtig auf ihre neue Frisur und fuhr mit dem Mofa zum sonntäglichen Flohmarkt an der Porta Portese.

Der Flohmarkt an der Porta Portese, am Rande des alten Stadtviertels Trastevere, war der größte und bekannteste Flohmarkt der Stadt. Jeden Sonntag wimmelte es hier von Besuchern. Passionierte Sammler und Neugierige, schwitzende Touristen, flinke Taschendiebe und aufdringliche Bettler, Zigarettenverkäufer und Antiquitätenhändler schoben sich in seltsamer Eintracht durch die von vollgestopften Kleiderständern, flatternden Sonnenschirmen und überladenen Tapeziertischen gesäumten Gassen. Aufgedonnerte Vorstadthuren kauften hier bei den vietnamesischen Kleiderhändlern im Dutzend rote und pinkfarbene Spitzentangas, dazu Tigerleggings und goldfarbene Plateausandalen, Hehler verscherbelten Diebesgut, und brave Hausfrauen erstanden Geschirr, Zahnstocher, Wäschekörbe und Küchenmesser. Es gab nichts, was es nicht gab. Federica ließ sich mit der Menge treiben, kaufte sich an einem Stand ein Stück türkischen Honig und ließ das Stimmengewirr und die lauten, langgezogenen Rufe der Händler: »*Diiigaaaa! Dica! Sagen Sie, was Sie wünschen*«, an sich vorüberrauschen. Zum ersten Mal seit Wochen ohne Pradatasche und Bruno unterwegs, fühlte sie sich merkwürdig, einerseits alleingelassen, und anderseits fast ein wenig übermütig, wie eine Schulschwänzerin, die sich unverhofft einen freien Tag erschwindelt hatte. An einem Geschirrstand kaufte sie einige bunte Tassen und Gläser, und ein paar Stände weiter fiel ihr ein knubbeliger blühender Kaktus ins Auge. Nach dem obligatorischen Stopp bei ihrem Lieblingsbuchhändler ging sie an den etwas abseits im Schatten liegenden nobleren Ständen der Antiquitätenverkäufer entlang zurück zu ihrem Mofa. Sie hatte ein sehr hübsches Bilderbuch für das kleine Mädchen, zwei Abenteuerbücher für ihren Bruder und eine abgegriffene Biografie eines längst verstorbenen italienischen Regisseurs erstanden. Letztere hatte sie nicht gekauft, der

Buchhändler hatte sie ihr geschenkt. Mit einer knappen Geste des Bedauerns hatte er gemeint: »Für den interessiert sich eh kein Schwein mehr«, und ihr das Buch in die Tüte gesteckt.

Darin blätterte sie jetzt, während sie langsam weiterging. Wenn sie nicht so versunken gewesen wäre, sondern ihren Blick ein Mal, ganz kurz nur, gehoben hätte, wäre ihr vielleicht der rothaarige junge Mann in Jeans und T-Shirt aufgefallen, der, eine Stehlampe im Arm und einen Stuhl über der Schulter, abrupt stehen blieb, als sie an ihm vorüberging. Doch leider hob sie ihren Blick nicht, sondern betrachtete nachdenklich das Schwarz-Weiß-Foto einer hübschen jungen Schauspielerin mit dickem Lidstrich, langen Haaren und trotzigem Gesichtsausdruck, blätterte weiter, las ein paar Zeilen, wäre fast über eine Baumwurzel gestolpert, schob schließlich das Buch zurück in die Tasche zu den anderen Büchern und ging weiter. Der junge Mann stand noch immer am selben Fleck und sah ihr nach. Er konnte sich nicht von ihrem Anblick losreißen und wusste dabei nicht einmal genau, warum. War es tatsächlich die junge Frau, die mit dem halb toten Straßenkater bei ihm in der Praxis gewesen war, oder täuschte er sich? Er war sich nicht sicher, sie sah irgendwie anders aus als vor ein paar Wochen in der Praxis. Aber trotzdem. Sie könnte es sein. Er wollte sie ansprechen. Wollte sie nach dem Kater fragen. Und sich für die dumme Rechnung entschuldigen. Oder einfach nur sagen: Hallo wie geht's? Als sie über eine Ausbuchtung im Asphalt stolperte, den die kräftigen Wurzeln der

Pinien hier überall nach oben drückten, streckte er unwillkürlich die Hand aus, um sie aufzufangen, und dabei rutschte ihm fast der Stuhl von der Schulter. Aber er war ohnehin zu weit entfernt, um ihr helfen zu können, und außerdem fing sie sich schnell wieder und ging weiter, langsam, verträumt, völlig unbeeindruckt vom Trubel um sie herum. Davide Fontanari schaute ihr nach, bis sie im Gewimmel verschwand, und in seinem Kopf blieb das Bild der blonden Frau mit dem leuchtend klatschmohnroten Kleid zurück wie eine Fotografie, die man sich an die Kühlschranktür hängt, eine flüchtige Aufnahme nur, deren Bedeutung aber mit jedem Blick, den man darauf wirft, zunimmt, größer und drängender wird.

VIERZEHN

Die Sonne stand schon tief über den Dächern und warf lange Schatten, als Federica bangen Herzens die Tür zur *Libreria Due Mondi* aufsperrte. Würde Bruno noch da sein? Oder hatte er sie verlassen? Der Kater hingegen war weder bang noch unruhig, er hatte einen geruhsamen Nachmittag nach Katzenart verbracht, war eine Weile auf der Fensterbank gesessen, hatte durch das grüne Blättergewirr geblinzelt, später etwas gefressen und auf das Sofa gewechselt, um sich zu putzen und ein Schläfchen zu halten. Jetzt erwartete er sie bereits. Er kam ihr mit hochgerecktem Schwanz entgegengelaufen, und als sie ganz schwach vor Glück vor ihm auf die Knie sank, strich er um ihre Beine und miaute leise. Hätte Federica mehr Ahnung von Katzengedanken und Katzengefühlen gehabt, so hätte sie gewusst, dass ihre Sorgen völlig überflüssig gewesen waren. Bruno hatte nie vorgehabt, sie zu verlassen. Er hatte vielmehr beschlossen, diesen Raum, an dem ganz offenbar das Herz der gut riechenden Frau mit der sanften Stimme und den vorsichtigen Händen hing, zu seinem neuen Zuhause zu machen. Hier fühlte er sich sicher. Hier würde er bleiben. So einfach war das.

Und es blieb so einfach. Federica, die gerade noch schweren Herzens darüber nachgedacht hatte, die Bücherei aufzugeben, verbrachte von nun an mehr Zeit in der Bücherei als je zuvor. Sie kam oft schon direkt nach der Arbeit kurz vorbei, um Bruno zu besuchen und ihm Fischreste aus Pasquales Trattoria zu bringen, die er noch immer liebte, auch wenn es sie jetzt nicht mehr als Brei gab. Dann ging sie nach Hause, um ein wenig zu schlafen, erledigte ihre Einkäufe, schlenderte am Tiber entlang und kam später wieder zurück. Oder aber sie blieb abends länger, aß zusammen mit dem Kater vor der Halle, las ein Buch und trank ein Glas Wein. Ab und zu schauten Martino, Jo oder auch Mimmo vorbei, wenn sie Zeit hatten, und mitunter wurden die Nächte sogar lang, waren angefüllt mit Gesprächen und nur gelegentlich unterbrochen von einträchtigem Schweigen, jeder in Gedanken versunken und doch nicht allein. Nach solchen Nächten hatte Federica Probleme, sich zwei, drei Stunden später schon wieder aus dem Bett zu quälen, doch es kümmerte sie nicht. Im Gegenteil, trotz ihrer Müdigkeit fühlte sie sich lebendiger und wacher als je zuvor. Nach einiger Zeit brachte sie ihre Pavoni mit, die schöne altmodische Espressomaschine mit dem verchromten Hebel, die sie beim Einzug in die Via del Arcangelo von ihrem Bruder Gennaro und seiner Frau geschenkt bekommen hatte. Auch die Tassen und Gläser vom Flohmarkt und der Kaktus fanden ihren Weg in die Bücherei. Und eines Tages, knapp zwei Wochen nach Brunos Umzug in die Bücherei, kam Rosanna sie besuchen, die Frau von Pasquale. Sie war neugierig wegen der Katze, von der ihr Mann erzählt hatte. »Komisch«, meinte sie, während sie einen Roman nach dem anderen aus dem Regal zog und die Inhaltsangaben las, »ich hatte doch tatsächlich ganz vergessen, dass es deine Bücherei überhaupt noch gibt. Dabei lese ich so gerne. Erst als Pasquale mir neulich erzählt hat, dass dieses Teufelstier deine Bücher wie ein Zerberus bewacht, ist es mir wieder eingefallen.« Sie warf einen wachsamen Blick auf Bruno, der wie üblich auf der Fensterbank saß und sie nicht aus den Augen ließ. Bei einer zu schnellen oder unerwarteten Bewegung von ihr zuckte sein Schwanz warnend.

Federica wusste nicht, woher Pasquale diese interessante Interpretation hatte. Sie selbst hatte ihm vor einiger Zeit nur erzählt, wofür sie die Fischreste benötigte und dass der Kater von ihrer Wohnung in die Bücherei umgezogen war. Aber vielleicht war es Martino gewesen, nachdem er ja gleich am Anfang von Bruno gebissen worden war. Sie sagte nichts zu der Geschichte, lächelte nur vage und machte Rosanna einen höllenschwarzen Espresso aus ihrer Pavoni. Rosanna verließ die *Libreria* mit fünf Büchern und dem Versprechen, bald wieder vorbeizuschauen. »Bei diesem Hornochsen von Mann braucht man eine Menge Lesestoff zum Abschalten«, bemerkte sie trocken und fügte fröhlich hinzu, sie würde beim Zurückbringen der Bücher einen selbst gebackenen Zitronenkuchen mit Baiser mitbringen. Auch Matteo und Fiammetta kamen wieder. Sie waren immer noch ausgesprochen zurückhaltend, besonders Matteo, aber trotzdem kamen sie mittlerweile regelmäßig, und jedes Mal liehen sie sich ein oder zwei Bücher aus. Federicas vorsichtige Fragen nach ihrer Mutter wurden jedoch nicht beantwortet. Wenn die Sprache darauf kam, verschloss sich Matteos hübsches Gesicht, als ob jemand das Licht ausgemacht hätte, und Fiammetta, die offener war und sicher einfach drauflos geplappert hätte, wäre ihr Bruder nicht gewesen, warf ihm jedes Mal, bevor sie den Mund aufmachte, einen unsicheren Blick zu und verstummte dann, manchmal mitten im Wort. Sie schienen bestimmte Zeichen zu haben, eine Abmachung, was gesagt werden durfte und was nicht. Fiammetta war noch zu klein, um immer daran zu denken, aber auch sie versuchte offenbar, sich daran zu halten. Je öfter die beiden kamen, umso deutlicher wurde dies und umso klarer wurde für Federica, dass sie in Erfahrung bringen sollte, was hier nicht in Ordnung war. Die beiden waren stets ordentlich angezogen, Fiammetta trug ihre Haare meist zu Zöpfen geflochten, und sie machten beide einen sauberen Eindruck. Allerdings gab es ein paar Kleinigkeiten, die nicht dazu passten und die in Federica den Verdacht aufkeimen ließen, dass hier zwar versucht wurde, ein allgemein anerkanntes Bild von zwei gut versorgten Kindern aufrechtzuerhalten, dies aber nicht immer gelang, und dass die Realität dahinter womöglich ganz eine andere war. So trug Fiammetta manchmal ein Kleid verkehrt herum, ihre Zöpfe waren zwar geflochten, aber eher ungeschickt, so als beherrschte derjenige das Flechten nicht, und Matteos Haare waren mittlerweile lang und ausgefranst und hingen ihm tief in die Stirn. Außerdem waren sie immer hungrig. Fiammetta stürzte sich mit einem derartigen Heißhunger auf die Kekse, die Federica für sie bereithielt, dass es fast schon erschreckend war, und auch Matteo, der sich anfangs zurückhielt, war anzusehen, dass er sich kaum beherrschen konnte. Deshalb ging Federica dazu über, ihnen neben Keksen auch belegte Brote, Tomaten, Käse und Obst vorzusetzen, und alles wurde jedes Mal bis auf den letzten Krümel aufgegessen. Als sie an einem der Tage wieder den Teller leer gegessen hatten und Fiammetta sogar die verbliebenen Krümel mit ihrem kleinen Zeigefinger aufpickte, beschloss Federica, dass sie endlich etwas unternehmen musste. Sie stand auf und holte einen dicken Roman aus dem Regal. »Der ist für eure Mutter«, sagte sie, als Matteo sie fragend ansah. »Ihr müsst ihr doch auch einmal etwas mitbringen, oder liest sie etwa nicht?«

»Doch!«, rief Fiammetta, und bevor Matteo ihr einen seiner mahnenden Blicke zugeworfen hatte, fügte sie noch schnell hinzu: »Immer wenn sie meine Kinderbücher liest, kommt sie zu uns zurück.«

Federica hob die Augenbrauen. »Eure Mama liest Kinderbücher?« Sie konnte sehen, wie Matteo zögerte. Einerseits wollte er nichts preisgeben, andererseits schien es ihm auch schwerzufallen, den Eindruck zu belassen, ihre Mutter könne nur Kinderbücher lesen und sei womöglich dumm. »Sie liest sie Fiammetta vor«, erklärte er knapp. Federica lächelte. »Oh, wie schön. Mir hat meine Mamma auch immer vorgelesen, als ich noch klein war.«

»Saß deine Mamma da auch immer unter dem Tisch?«, wollte Fiammetta wissen.

Federica schüttelte erstaunt den Kopf. »Nein. Nur wenn etwas runtergefallen war und sie es suchen musste.«

»Auf meine Mamma ist auch was runtergefallen. Und sie sucht auch etwas, aber sie findet es nie.« Fiammetta steckte einen Finger in den Mund.

Federica war sich nicht sicher, ob sie richtig gehört hatte. Sie warf Matteo einen Blick zu. »Auf eure Mamma ist etwas runtergefallen?«

Matteo schwieg. Doch man konnte sehen, dass es ihm schwerfiel. »Du kannst mit mir reden«, sagte Federica freundlich. »Ich bin's doch nur, Federica aus der Bücherei, es passiert nichts Schlimmes, wenn ihr mit mir sprecht.«

»Siehst du?«, rief Fiammetta empört zu ihrem Bruder. »Ich sag doch immer, die ist nett. Sie schickt uns nicht ins Heim.«

Matteo wurde rot wie eine Aubergine. »Halt die Klappe«, zischte er wütend, »du kapierst überhaupt nichts.«

Doch es war zu spät. Der Knoten war geplatzt, und Fiammetta hatte ganz offensichtlich keine Lust mehr, auf ihren Bruder zu hören. »Auf unsere Mamma ist ein Haus draufgefallen«, erzählte sie. »Auf mich auch, aber ich war noch klein wie ein Krümel, deshalb weiß ich nichts mehr davon. Aber jetzt hat meine Mamma immer Angst, dass wieder ein Haus auf sie drauffällt und sie zerquetscht, und deshalb sitzt sie ganz oft unter dem Tisch. Aber der Tisch kann sie auch nicht beschützen. Ich weiß das, weil

Tische gehen nämlich auch kaputt, wenn Häuser auf sie drauffallen, die gehen ja schon kaputt, wenn dicke Männer auf sie drauffallen, das hab ich im Fernsehen gesehen.« Fiammetta unterbrach sich, nahm ihren Finger aus dem Mund und steckte ihn sich zur Unterstützung ihrer Konzentration in die Nase, dann plapperte sie weiter, während Matteo mit versteinerter Miene neben ihr saß und auf seine Hände starrte. »Wahrscheinlich gehen Tische sogar schon kaputt, wenn Frauen drauffallen, Frauen können ja auch ganz dick sein, die Mamma von meiner Freundin Anna im Kindergarten ist ganz furchtbar dick, wenn die auf einen Tisch fällt, kracht der sicher zusammen …« Sie kicherte.

»Es reicht, Fiammetta«, sagte Matteo leise und sah Federica traurig an. »Unsere Mutter ist krank.«

Federica nickte behutsam. Das hatte sie sich nach Fiammettas Schilderung schon gedacht. »Was ist das für eine Geschichte mit dem Haus?«

»Wir kommen aus L'Aquila«, sagte Matteo, und Federica verstand. »Das schlimme Erdbeben, wann war das noch …«

»Am sechsten April 2009«, kam es sofort von Matteo. Er sprach jetzt leise wie mit sich selbst: »Mein Papa war verreist, auf einer Messe, wir hatten nämlich einen Buchladen in L'Aquila, und ich habe in der Nacht bei meinem Freund geschlafen, der wohnte nur ein paar Häuser weiter. In der Nacht bin ich aufgewacht, weil es plötzlich so dumpf gedröhnt hat, von ganz tief unten, der Boden hat gewackelt, und alle Sachen sind aus den Regalen gefallen. Wir sind schnell aus dem Haus raus, und da war das totale Chaos. Alle haben laut geschrien und sind auf die Piazza gelaufen, nur ich nicht, ich bin in die andere Richtung gerannt, ich wollte nach Hause zu Mamma und dem Baby.« Er warf einen kurzen Blick auf Fiammetta und fuhr dann fort: »Das Haus war aber nicht mehr da. Nur noch ein großer Haufen Steine. Es hat fast zwei Tage gedauert, bis sie Mamma und Fiammetta fanden. Die ganze Zeit habe ich gedacht, sie sind tot. Und dass ich nicht da war, als es passierte.« Er biss sich auf die Lippe.

Federica schwieg einen Augenblick, dann sagte sie: »Habt ihr danach keine Hilfe bekommen?«

»Meine Mutter war in einem Krankenhaus, und danach sollte sie noch regelmäßig zu einem Arzt gehen. Aber wir hatten ja keine Wohnung und keinen Laden mehr und konnten nicht mehr in die Stadt zurück. Am Anfang haben wir kurze Zeit in einem Zelt gewohnt und dann bei Freunden, aber das war zu weit weg von dem Arzt, und außerdem waren so viele dort, und er hatte überhaupt keine Zeit für sie. Und weil auch sonst nichts besser wurde und niemand eine neue Wohnung gekriegt hat und mein Papa keine Arbeit mehr hatte, sind wir nach Rom gegangen. Da ging es Mamma eine Weile besser. Aber dann ist mein Papa ausgezogen, und von da an wurde es wieder schlimmer.«

»Und deswegen kommt Papa auch nicht mehr zurück«, ergänzte Fiammetta und betrachtete ihren Finger. »Nie mehr.«

Matteo sah sie wütend an. »Das stimmt nicht. Irgendwann kommt er zurück. Bis dahin pass ich auf euch auf.«

Fiammetta schüttelte eigensinnig den Kopf. »Nein. Er kommt nicht mehr. Er hat sich eine neue Familie gesucht. Mit einer neuen Frau, die nicht immer unter dem Tisch sitzt.«

»Nein!«, schrie Matteo wütend. »Das hat er nicht!«

»Doch. Die Nachbarin hat es gesagt. Ich hab's gehört.«

Matteo starrte sie einen Augenblick lang zornig an, dann wandte er den Kopf und richtete seinen Blick auf die Wand. Federica strich ihm leicht über den Rücken. »Deiner Mutter kann man helfen, Matteo. Das ist keine Krankheit, die für immer bleiben muss. Sie hat etwas ganz Schlimmes erlebt. Man kann ihr helfen, damit zurechtzukommen.«

»Aber dann muss sie in eine Klinik, und wir sind ganz allein und kommen ins Heim«, warf Matteo verzweifelt ein, und seine ganze Zurückhaltung, seine ganze mühsam aufgebaute Stärke fiel in sich zusammen, und übrig blieb nur ein hilfloser, unglücklicher Junge von elfeinhalb Jahren. Er drehte sich um, und Federica sah, dass er weinte. Dicke Tränen liefen über sein vor Aufregung gerötetes Gesicht, und er zitterte. Federica nahm ihn in den Arm und streichelte ihn eine Weile, dann kam auch Fiammetta und kuschelte sich ebenfalls an sie. »Vielleicht können wir anfangen, etwas ganz Kleines zu tun«, sagte sie nach einer Weile. »Ihr ging es doch auch schon besser, also kann es ihr auch so wieder besser gehen.

Vielleicht braucht sie einfach ein paar Menschen um sich herum?«

»Wir kennen niemanden hier«, wandte Matteo ein.

Fiammetta widersprach: »Doch, wir kennen Federica und Bruno.«

»Stimmt.« Federica lächelte. »Warum bringt ihr eure Mutter nicht einfach mal mit? Sie kann doch Fiammetta auch hier etwas vorlesen. Vielleicht kommen ja auch noch ein paar Kinder und hören zu. Und ich könnte ein bisschen Hilfe gut gebrauchen.« Letzteres war natürlich gelogen, aber Federica fand, dass das nicht wichtig war. Fiammetta musterte den niedrigen Büchertisch neben dem Sofa skeptisch. »Unter den Tisch passt sie aber nicht.«

»Soll sie ja auch nicht.« Matteo wischte sich über die Augen. »Ich kann sie ja mal fragen«, erklärte er dann zögernd. »Wenn sie einen guten Tag hat.«

»Du kannst sie auch fragen, wenn sie einen schlechten Tag hat«, sagte Federica. »Sie kann kommen, wann immer sie will.«

»Mamma mag Katzen furchtbar gerne«, sagte Fiammetta plötzlich. »Aus dem Katzenbuch, das ich habe, liest sie mir am liebsten vor. Wenn ich ihr erzähle, dass Bruno nur drei Beine hat und trotzdem die Bücher bewacht, dann kommt sie bestimmt und schaut ihn sich an.«

»Wie kommen eigentlich alle darauf, dass Bruno die Bücher bewacht?«, wollte Federica belustigt wissen.

»Das sieht man doch«, sagte Fiammetta, entrüstet über Federicas offensichtliche Begriffsstutzigkeit. »Er passt auf. Ganz genau. Und wenn jemand nicht nett mit den Büchern ist, dann gibt's Haue.« Sie überlegte einen Augenblick. »Vielleicht sollten wir Mamma sagen, dass Bruno ein ganz besonderer Kater ist, der auch auf sie aufpasst, damit nichts mehr auf sie drauffällt?«

Als die Kinder mit dem festen Versprechen gegangen waren, das nächste Mal ihre Mutter mitzubringen, setzte sich Federica auf das Sofa und musterte ihren Kater nachdenklich. »Stimmt das?«, fragte sie. »Passt du wirklich auf die Bücher auf?«

Bruno gab wie üblich keine Antwort, aber seine goldbraunen Augen schienen Federica spöttisch zuzublinzeln und zu sagen: »Was hast du denn gedacht?«

FÜNFZEHN

Anna Bianchi kam am nächsten Tag. Offenbar hatte Fiammetta ganze Arbeit geleistet. Federica begrüßte die magere, schwarzhaarige Frau herzlich und bot ihr Kaffee an. Anna Bianchi setzte sich nervös auf das Sofa und nestelte mit fahrigen Fingern an ihrem Kleid herum, das an ihr hing wie an einem Kleiderhaken. Während Fiammetta sofort begann, Kekse zu essen und Bücher aus den Regalen zu ziehen, ließ Matteo seine Mutter nicht aus den Augen. Wie ein Wachhund saß er neben ihr, alle Sinne angespannt, um sofort eingreifen zu können, falls sie etwas Seltsames, Unerwartetes oder Peinliches tun sollte. Federica tat es weh, Matteo zuzusehen. Er nahm keinen Keks, keines von den Sandwiches, die Federica ihnen hingestellt hatte, trank nicht einen Schluck. Anna Bianchi aß auch nichts. Sie saß nur da, mit ihren übergroßen, angstvollen Augen, den dunklen Schatten darunter und den tiefen Falten in ihrem sonst noch so jugendlichen Gesicht. Federica schätzte sie auf höchstens dreißig Jahre. Irgendwann nahm sie Matteos Hand und drückte sie fest. »Geh doch mal mit Fiammetta ein bisschen raus«, sagte sie leise. Matteo wollte den Kopf schütteln, doch Federica fügte schnell hinzu: »Gute Idee, ihr könntet Jo besuchen, er hat sicher irgendetwas Spannendes für euch in seinem Bauchladen.« Sie wusste, dass Jo da war, denn von der anderen Seite der Rigipswand ertönte schon eine ganze Weile leise afrikanische Rapmusik.

»Au ja!« Fiammetta sprang begeistert auf. Sie kannte Jo von ihren letzten Besuchen. Matteo blieb zuerst unschlüssig sitzen, doch nach einem auffordernden Nicken seiner Mutter folgte er seiner kleinen Schwester hinaus.

Anna Bianchi schaute Federica an, und in ihren Augen erschien ein winziger warmer Funken, fast zu klein, um ihn wahrzunehmen. »Danke«, sagte sie leise. »Danke, dass Sie sich um die beiden kümmern.«

Federica setzte sich zu ihr und wartete, bis Anna Bianchi zu reden begann. Es dauerte nicht lange, und dann sprudelte alles aus der jungen Frau heraus. Sie redete und redete, unzusammenhängend, schnell, und dabei rannen ihr die Tränen über das Gesicht. Als sie erschöpft innehielt, bemerkte Federica, dass Bruno seinen Platz auf der Fensterbank verlassen hatte und auf das Sofa gesprungen war. Er saß neben Anna Bianchi auf der Lehne und begann, sich zu putzen, so als seien er und die junge Frau gute alte Bekannte.

Federica deutete auf den Kater und sagte: »Fiammetta meinte, Bruno würde Sie beschützen, weil mein Tisch hier zu klein ist, um drunterzukriechen.«

Anna Bianchi starrte sie einen Augenblick erschrocken an, und Federica biss sich auf die Lippen, doch dann begann die junge Frau unter Tränen zu lachen. Sie lachte und lachte und konnte nicht wieder aufhören, während ihr noch immer die Tränen über das Gesicht liefen.

Matteo, der voller Unruhe zurückgekommen war, um nach seiner Mutter zu sehen, blieb vor der Tür stehen, als er ihr Lachen hörte. Er lauschte, versuchte herauszuhören, ob es womöglich ein irres, ein schlimmes Lachen war, das etwas Furchtbares zu bedeuten hatte, doch er hörte nichts davon. Er hörte nur Lachen, reines, befreiendes Lachen. Und in dem Moment begann etwas, sich in ihm zu entspannen. Es war nur eine winzig kleine Veränderung irgendwo in der Nähe seines Herzens, kaum spürbar, von außen nicht zu bemerken, so wie alle großen Veränderungen klein beginnen und erst nach und nach sichtbar werden. Nichts davon war zu sehen, nur ein elfjähriger Junge mit zu langen Haaren in der Farbe von Bitterschokolade, der wie angewurzelt vor einer rot gestrichenen Tür mitten im Nirgendwo des ehemaligen Schlachthofs von Rom stand und zuhörte, wie seine Mutter lachte. Während Anna Bianchi lachte, brannte die Sonne unverändert heiß vom römischen Himmel, floss der Tiber träge dahin und stritt sich Pasquale Balducci in der Küche mit seiner Frau Rosanna. Diese war seit einiger Zeit irritierenderweise kaum mehr ohne ein Buch in den Händen zu sehen und bestand plötzlich in einem Anfall typisch weiblichen Wahnsinns darauf, das Rezept irgendeines verrückten Engländers namens Jamie Dingsbums auf die Speisekarte der Trattoria zu setzen. Ein englisches Rezept in einer römischen Trattoria! *Madresanto!* Wo doch jeder wusste, dass Engländer nicht kochen konnten.

Während Anni Bianchi lachte und Pasquale Balducci

mit seiner Frau über englische Köche stritt, saß Flavia Buonacuore, ihren Einkaufswagen mit den leeren Spaghettischüsseln neben sich, im Schatten der Pinien auf der Piazza Santa Maria Liberatrice und aß ein Zitroneneis, während ihr wieder einfiel, dass sie doch eigentlich die Bücherei *Due Mondi* und den gefährlichen Kater besuchen wollte, der mittlerweile so berühmt geworden war, dass man sogar im Supermarkt und bei Raffi in der Bar darüber sprach.

Zur gleichen Zeit saß Lello Hernandez auf einem wackeligen Plastikstuhl vor seiner Tür und trank einen selbst gebrannten Grappa, um die Schmerzen in seinen Bandscheiben zu betäuben, und las dabei in der Zeitung einen ausführlichen Bericht darüber, dass Beatrice Pirozzi, ein ehemaliges Luxus-Callgirl mit dem stadtbekannten Spitznamen *Bambola*, Puppe, die kürzlich mit überwältigender Mehrheit in den römischen Stadtrat gewählt worden war, für einen Tumult gesorgt hatte, weil sie barbusig eine Demonstration von ebenfalls halb nackten, mit Besen bewaffneten Frauen zum Quirinal anführte. Lello Hernandez setzte seine Brille auf, um das erfreulich detailreiche Foto der entfesselten Demonstrantinnen näher zu betrachten. Danach genehmigte er sich zur Beruhigung seiner in Wallung geratenen Körpersäfte noch einen weiteren Grappa.

Davide Fontanaris Körpersäfte waren ebenfalls in Wallung geraten, doch er hatte eine ganz andere Frauengestalt im Kopf als Lello Hernandez. Auf wundersame Weise beflügelt von dem noch immer erstaunlich präsenten Bild einer selbstvergessenen Frau im klatschmohnroten Kleid, bot er Signora Mazza zum ersten Mal die Stirn. Er drohte ihr damit, ihre ausufernden Machtbefugnisse in der Praxis empfindlich zu beschneiden, ihren ständig sich selbst entlaubenden Ficus in den Tiber zu werfen und eine zusätzliche junge Sprechstundenhilfe einzustellen – wozu er weder Lust noch das nötige Geld hatte, aber das musste Signora Mazza nicht wissen –, wenn sie sich nicht endlich an seine Anordnungen hielt. Während Signora Mazza unter dem unerwarteten Wutanfall ihres jungen Chefs erschrocken zusammenzuckte und sich fest vornahm, alles, wirklich alles dafür zu tun, damit ihr nicht ein so ahnungsloses, vollbusiges, dummes Ding, wie sie es einmal gewesen war, vor die Nase gesetzt wurde, hielt im gleichen Moment eine gute Fee ihren Zauberstab über Ermano Buzzetti, genannt Eros. Federica hatte ihm vor einigen Tagen in einem unerwarteten Anfall von Gesprächigkeit von Bruno erzählt und davon, dass sie ihn, in einer Tasche versteckt, mit zur Arbeit genommen hatte. Ermano, der im Grunde seines Herzens nicht nur Romantiker, sondern auch der Philosophie zugeneigt war, war tief beeindruckt von dieser Geschichte gewesen. Menschen bargen Fähigkeiten in sich, von denen andere keine Ahnung hatten. Sie waren zu überraschenden Handlungen in der Lage, und unter der oft stillen, unscheinbaren Oberfläche gab es ganze Landschaften, von denen man nichts wusste. Er beglückwünschte sich nebenbei auch zu seinem Scharfsinn, die Veränderung in

Federicas Leben schon so früh bemerkt zu haben, auch wenn er keinen Schimmer davon gehabt hatte, dass es sich bei dieser Veränderung um einen pflegebedürftigen, dreibeinigen Kater handelte. Doch das war nicht wichtig, schließlich hatte jeder etwas anderes, woran er sein Herz hängte. Und Frederica hatte die Veränderung in ihrem Leben sichtlich gut getan, ihr strenger Zopf war verschwunden, stattdessen trug sie ihr Haar nun meist zu einem weichen Knoten aufgewickelt, aus dem sich immer einige Strähnen herausstahlen und der viel besser zu ihrem verträumten Wesen passte. Letztens hatte sie sogar ein neues, leuchtend rotes Kleid getragen, und Ermano war vor Überraschung darüber, wie schön sie darin ausgesehen hatte, ganz gerührt gewesen. Und weil Ermano Buzzetti seitdem immer wieder an Federica, ihren dreibeinigen Kater, ihre neue Frisur und ihr neues Kleid denken musste und daran, was dies alles über den Sinn des Lebens verriet, stand er an dem Tag, an dem Anna Bianchi lachte, vom Mittagstisch auf, zog sich bis auf die karierten Boxershorts aus und ging ins Bad, um sich im Spiegel anzusehen. Ermano war ziemlich klein und untersetzt, hatte eine Glatze und ein leichtes Doppelkinn, und bei seiner Untersuchung konstatierte er bekümmert, dass sein Bauch wieder einmal an Umfang zugenommen hatte. Er aß einfach zu gerne. Am liebsten stundenlang. Angstvoll warf er einen Blick nach unten, um einigermaßen beruhigt festzustellen, dass er immerhin seine Zehen noch sehen konnte, zumindest die Spitze des linken großen Zehs. Auch war sein Bauch stramm und kein bisschen schwabbelig, ebenso wenig seine kräftigen Arme und Beine. Er hatte früher Fußball gespielt, nicht einmal schlecht, und war für seine Größe ziemlich flink gewesen. Ermano-*Uragano*, der Hurrikan, hatten sie ihn genannt. Damals. Auf seiner Brust wölbte sich ein dichter Pelz schwarzer Haare, ebenso auf seinen Armen, und seine Beine waren kurz und fußballbedingt ein wenig krumm. Ermano seufzte. Er musste etwas finden, was diese bescheidene Bilanz ein wenig aufbesserte, sonst würde er es nie wagen, das zu tun, was er sich vorgenommen hatte. Er fuhr also mit seiner kritischen Betrachtung fort und blieb schließlich bei seinen Augen hängen. Ja, doch, seine Augen konnte man durchaus als schön bezeichnen. Sie waren groß und von einem intensiven, leuchtenden Blau, umgeben von einem Kranz fein gebogener schwarzer Wimpern. Die wenigen Frauen, die es in seinem Junggesellenleben bisher gegeben hatte, waren von seinen Augen auch immer sehr angetan gewesen. Er selbst hingegen hatte sie nie weiter beachtet und Bemerkungen dazu eher als peinlich empfunden. Doch heute sah sich Ermano Buzzetti lange in seine blauen Augen, sehr lange, dann atmete er tief ein und zog sich wieder an. Er wählte seinen besten Anzug und ein weißes Hemd, rasierte sich gründlich, und zum Schluss, gewissermaßen als letzte Ermutigung, schmetterte er vor dem Spiegel noch ein Lied von Eros und bog dabei seine schwarzen Augenbrauen theatralisch in die Höhe. Es musste sein. Auch wenn er scheitern sollte, so hatte er es zumindest versucht.

Und so kam es, dass an dem Tag, an dem Anna Bianchi lachte, Ermano Buzzetti im hellen Anzug, frisch rasiert und mit einem Strauß roter Rosen vor der Tür seiner über Jahre angebeteten Simonetta stand und ihr eine Liebeserklärung machte, die sie stumm vor Staunen werden ließ. Sprachlos und verlegen bat sie ihn mit einer schüchternen Handbewegung in ihre kleine Wohnung und wusste dann nicht weiter. Ihr Herz klopfte wie vor hundert Jahren, als sie noch an die große Liebe geglaubt hatte, als sie noch nicht betrogen und geschieden worden war, als sie noch nicht begonnen hatte, die Männer zu belächeln und sich über sie lustig zu machen, um nicht noch einmal verletzt zu werden. Als jedoch Ermano Buzzetti vor ihr stand, leicht schwitzend, mit dem großen Rosenstrauß in den Händen, hatte es ihr die Sprache verschlagen, ebenso war ihr ihre spöttische Art und ihr stets unverbindliches Lächeln abhandengekommen, ihre freundliche Distanz, ihr glatter, so lieb gewonnener Panzer. Sie fühlte sich plötzlich nackt, ihr Herz lag bloß, es klopfte so heftig in ihrer Brust, als wolle es herausspringen. Und als Simonetta begriff, dass sie ihren Panzer verloren hatte und dass dies von diesem kleinen, glatzköpfigen Mann bewerkstelligt worden war, für den sie schon seit Jahren arbeitete, warf sie, ohne noch eine Sekunde nachzudenken, kurzerhand auch alles andere über Bord, was sie bisher für wahr und wichtig gehalten hatte, und hörte auf ihr klopfendes, jubelndes Herz. Sie machte einen Schritt nach vorn und vergaß dabei alle guten Manieren, vergaß, dass die Blumen Wasser und eine Vase brauchten, dass sie Ermano etwas zu trinken anbieten sollte, sie vergaß, dass sie eine anständige Frau war, geschieden, nüchtern, pragmatisch. Stattdessen verlor sie sich in blauen, schwarzbewimperten Augen und fand sich unversehens auf dem Fußboden wieder, in einer stürmischen Umarmung gefangen, inmitten verstreuter, schon etwas matt gewordener roter Rosen.

SECHZEHN

Anna Bianchi kam wieder. Sie besuchte Federica von nun an fast jeden Tag, half ihr, neue Bücher in Schutzumschläge einzubinden, putzte Fenster, sortierte Karteikarten, wischte den Boden. Es war nicht so, dass Anna Bianchi von nun an immer gelacht hätte und alles gut war. Es war auch nicht so, dass Matteo die Mutter von früher zurückbekam. Dafür war in jener Nacht des 6. April 2009 um 3:32 Uhr zu viel zerbrochen. Doch die Scherben in Anna Bianchis Augen begannen sich langsam abzuschleifen. Sie bemühte sich, morgens aufzustehen und sich zu waschen, frisierte ihre Haare und stellte einen Topf mit Milch auf die Gasflamme des Herdes. Sie lächelte öfter, und das führte mit der Zeit dazu, dass die tiefen Falten um ihren Mund weicher wurden und das stumpfe Braun ihrer Augen seinen zarten Goldschimmer wiederbekam. Außerdem führte es dazu, dass Fiammetta ihre Sommerkleidchen nun meist richtig herum trug und Matteos Haare endlich geschnitten wurden. Es gab wieder etwas zu essen, zumindest meistens, sie ging mit den Kindern einkaufen und probierte hin und wieder bei Fiammetta eine neue Frisur aus. Trotzdem musste sich Matteo langsam an den Gedanken gewöhnen, dass unter den Trümmern ihres Hauses in L'Aquila mehr zurückgeblieben war als nur ihre Kleider, ihre Wohnungseinrichtung, das Geschirr und die Familienfotos. Etwas von seiner früheren Mutter war dort unten geblieben. Dafür hatte Anna Bianchi aber etwas Neues geschenkt bekommen, etwas, was bisher noch unter der Angst und den Scherben verborgen gewesen war und sich nur langsam vorzuwagen begann. Es war eine besondere Art von Zähigkeit und Kraft, die manchmal hervorschimmerte, eine innere Stärke, die man mit ihrer mädchenhaften, zarten Gestalt nur schwer in Verbindung bringen konnte und die deshalb alle, die das kurze Aufblitzen wahrnahmen, in Erstaunen versetzte, ebenso wie die plötzliche Unnachgiebigkeit, die sie in manchen Dingen an den Tag legte. Vor dem Erdbeben war sie sorglos und fröhlich, ein wenig naiv und sehr, sehr nachgiebig gewesen. Jetzt hingegen konnte es vorkommen, dass sie minutenlang mit der Kassiererin des Supermarkts stritt, weil diese ihr zu wenig Wechselgeld herausgegeben hatte, und dass sie so lange am Telefon mit einem Mitarbeiter der Telefongesellschaft diskutierte, bis dieser sich geschlagen gab und trotz der gegenwärtigen Ferienzeit zusagte, noch am selben Tag jemanden vorbeizuschicken. Als Matteo ihr erzählte, was Fiammetta von der Nachbarin über ihren Vater und die neue Frau aufgeschnappt hatte, klingelte sie an deren Tür und putzte sie so herunter, dass es Fiammetta und Matteo sogar bis in ihre Wohnung hören konnten. Sie war dabei nicht wirklich laut, sie schrie nicht, aber ihre Stimme und ihre Worte waren schneidend, spitz geschärft von den Scherben und Trümmern, zwischen denen sie zwei endlos lange, bitterkalte Tage mit ihrem Baby im Arm in der staubigen Dunkelheit gelegen und darauf gewartet hatte, dass Rettung kam. Als Matteo, das Ohr an die Wohnungstür gepresst, zuhörte, wie seine Mutter mit der Nachbarin sprach und diese stotternd und verlegen den Rückzug antrat, erfüllte ihn das mit so großem Glück, dass er meinte, platzen zu müssen, jetzt und hier, hinter der Tür, auf dem glatten Steinfußboden ihres Flurs. Weil er nicht wusste, wie er mit dem ganzen Glück in seinem Herzen umgehen sollte, packte er seine Schwester, die neben ihm saß, und umarmte sie, so fest er konnte. Fiammetta erwiderte seine Umarmung verwundert, ließ sich drücken und schnappte dabei ein bisschen nach Luft, doch sie sagte nichts. Auch wenn sie erst fünf Jahre alt war, ahnte sie durchaus, warum die furchtlose Stimme der Mutter im Treppenhaus ihren Bruder so glückselig machte.

Glückselig konnte man auch Federica nennen, denn aufgrund geheimnisvoller Umstände, die sie nicht durchschaute, blieb Anna Bianchi von nun an nicht die einzige Besucherin der Bücherei. Rosanna kam wieder und brachte Zitronenkuchen mit Baiser und zwei Freundinnen mit, die mit Anna und Federica den halben Nachmittag vor der Halle saßen, von Büchern erzählten, die sie gelesen hatten, über Filme redeten, die sie zum Weinen brachten, und hier und da eine kleine Anekdote über ihre Männer, Kinder, Pudel und Schwiegermütter einflochten. Es kamen auch noch andere Leute aus dem Viertel, wie zum Beispiel Fiammettas Freundin Laura, zusammen mit ihrer tatsächlich sehr dicken rothaarigen Mutter, die Cinzia hieß. Fiammetta betrachtete Lauras Mutter eine ganze Weile interessiert und bat sie dann, sich doch bitte einmal auf den Büchertisch neben dem Sofa zu setzen. Cinzia hatte zum Glück ein fröhliches Gemüt, sie lachte laut auf, drohte Fiammetta spielerisch mit dem Finger und meinte: »Wenn du mich wieder hochziehst …« Als Fiammetta dies fest versprach, ließ sie sich in ihrer ganzen Pracht auf den Tisch plumpsen. Der Tisch gab ein entsetztes Knirschen von sich, hielt aber stand, und Fiammetta musste ihre ganze Kraft aufwenden, um Cinzia wieder auf ihre zwei Beine zu helfen. Dieses denkwürdige Erlebnis führte dazu, dass Fiammetta ihre Ansicht über die Stabilität von Tischen gründlich revidierte. Offenbar waren diese sehr viel robuster, als einen das Fernsehen glauben machen wollte, und sie beschloss, von nun an in besonders kritischen Lebenssituationen ebenfalls Zuflucht unter einem Tisch zu suchen.

Kurz und gut, in diesem Sommer wurde aus Federicas *Libreria Due Mondi* tatsächlich eine richtige Bücherei. Und mehr noch, es wurde ein Treffpunkt des Viertels daraus. So etwas hatte sich Federica zuvor nicht vorstellen können, weil ihr gar nicht klar gewesen war, dass sie sich so etwas wie einen Treffpunkt wünschen könnte. Menschenscheu, wie sie gewesen war, hatte sie geglaubt, auf andere Leute verzichten zu können, und sie hatte auch geglaubt, es würde genügen, den Leuten einfach das richtige Buch in die Hand zu drücken, um sie glücklich zu machen. Da musste erst ein dreibeiniger, halb toter Kater auf ihrem Sofa zurückgelassen werden, um ein paar Rädchen in Bewegung zu setzen und die Geschichte bis zu diesem Punkt zu führen. Die Rädchen hatten sich bewegt, die Geschichte hatte ihren Lauf genommen, und Kater Bruno saß noch immer am liebsten auf der Fensterbank und beobachtete die Leute, die neuerdings lachend und schwatzend ein und aus gingen. Er hatte sich durchaus erst daran gewöhnen müssen, und es war auch nur einem einzigen Umstand zu verdanken, dass er nicht hie und da seine Krallen ausgefahren hatte: Mit jedem dieser Menschen war der glücklich machende Duft in dem Raum ein bisschen stärker geworden, und auch wenn Bruno all diese Leute nicht gebraucht hätte, so konnte er darauf nicht verzichten. Auch gab es ein paar Menschen, die er lieber mochte als andere, wenngleich auch dies nicht mit der bedingungslosen Liebe zu vergleichen war, die er Federica entgegenbrachte: Die beiden Kinder, vor allem das Mädchen, mochte er sehr, sie roch nach süßer Sahne, und sie sprach mit ihm, als könne er sie verstehen. Er verstand sie auch, aber auf eine Weise, die man nicht erklären konnte. Auch ihre Mutter war in Ordnung. Er strich gerne um ihre Beine oder setzte sich für eine kurze Weile auf ihren Schoß, weil er glaubte, damit die Kälte vertreiben zu können, die sie in manchen Augenblicken umgab und die nach Staub und Schrecken roch. Er kannte diesen Geruch, er wusste, dass sie Angst hatte, so wie er früher auch oft Angst gehabt hatte, und deshalb mochte er sie.

Und dann, an einem dieser friedlichen sonnendurchglühten Tage, als die Stadt schon zunehmend leerer und stiller wurde, gelang es endlich auch Flavia Buonacuore, sich auf den Weg zur *Libreria Due Mondi* zu machen. Angetan mit ihren schönsten drei Blusen und einem knöchellangen goldfarbenen Rock mit Troddeln, den sie sich aus einem alten Vorhang geschneidert hatte, schlurfte sie am frühen Abend über den staubigen Weg zu der alten Halle. Federica, deren andere Besucher bereits gegangen waren, sah sie schon von Weitem kommen. Bruno, der neben ihr auf einem Stuhl in der Abendsonne gedöst hatte, hob den Kopf und straffte sich. Ein leichter Modergeruch wie von überreifem Obst drang in seine empfindliche Nase. Dort kam jemand, den er kannte. Aus alten Zeiten. Damals hatte der Geruch Futter bedeutet, ein winziges bisschen Geborgenheit zwischen Gefahr und Hunger und Schmutz. Flavia Buonacuore sang leise ihr Lieblingslied, *O surdato 'nnamurato*, und sie sang es, um sich zu beruhigen. Auch wenn sie sich einen Teufel darum scheren mochte, was die Leute von ihr dachten, so war sie doch unsicher, wenn es darum ging, mit jemandem direkt zu sprechen. Eigentlich sprach sie ohnehin kaum mit anderen Menschen, außer mit Lello Hernandez und ab und zu ein paar Worte mit Raffi von der Bar. Noch immer, nach fast vierzig Jahren packte sie mitunter die Angst, sich zu verraten, an den Falschen zu geraten und am Ende doch noch aufgespürt zu werden. Sie war davon überzeugt, dass sie damals nur deshalb ungeschoren davongekommen war, weil sie verschwunden war, ohne eine Spur zu hinterlassen. Unterzutauchen in der Stadt, die seine große Liebe und sein Verderben gewesen war, hatte auch bedeutet, ihm nahe bleiben zu können und trotzdem unsichtbar, in Sicherheit. Sie wusste nicht, ob es noch jemanden interessierte, dass es sie noch gab. Dass sie Dinge erzählen könnte, die bis heute nicht ans Tageslicht gekommen waren, doch man konnte nicht vorsichtig genug sein. Sicherheitshalber begann sie noch einmal, von vorn zu singen: *Staje luntana da stu core, a te volo cu 'o penziero…*

Federica betrachtete die seltsame alte Frau, wie sie langsam näher kam und dabei leise vor sich hin sang. Seit jenem denkwürdigen Nachmittag, als sie Bruno auf ihrem Sofa zurückgelassen hatte, hatte Federica nicht mehr mit ihr gesprochen. Sie hatte sie manchmal beobachtet, wie sie die Straße entlangging, mit ihrem Einkaufswagen voller Spaghetti, und mehr als ein Mal war sie versucht gewesen, auf sie zuzugehen und ihr zu sagen, dass es dem Kater gut ging, dass er überlebt hatte und alles gut war, aber dann hatte sie es doch nicht getan. Jetzt tat es ihr leid, so feige gewesen zu sein. Sie stand auf und ging der alten Frau, die jetzt stehen geblieben war und den Anschein erweckte, wieder umkehren zu wollen, entgegen. Bruno folgte ihr mit neugierig aufgestelltem Schwanz.

»Buongiorno Signora«, sagte Federica und streckte Flavia Buonacuore die Hand entgegen. Flavia sah zuerst Bruno an, der neben Federica stand und sie aufmerksam betrachtete, dann hob sie den Kopf und nickte der jungen Frau bedächtig zu. *Signora* hatte sie sie genannt.

Wie das letzte Mal auch. Und wie der Junge, der hatte sie ebenfalls so angesprochen. Buongiorno Signora. Flavias Mund verzog sich zu einem staubigen Lächeln, und sie sagte leise: »Ich heiße Flavia. Flavia Buonacuore. Aber Flavia reicht.« Federica stutzte einen Augenblick. Ihr kam der Nachname bekannt vor, so als habe sie ihn erst kürzlich irgendwo gelesen. Sie vergaß kaum je etwas, das sie gelesen hatte, doch jetzt kam sie nicht darauf, wo es gewesen sein könnte. »Ich heiße Federica Mazzanti, Federica reicht auch«, erwiderte sie. Gemeinsam gingen sie weiter. Bruno lief voraus und ließ sich im Schatten der Hallenmauer nieder, um den neuen Besuch aus der Ferne weiter im Auge zu behalten. »Möchten Sie einen *caffè*, Flavia?«, fragte Federica. Als Flavia nickte, fügte Federica lächelnd hinzu: »Aber nicht wieder weglaufen.«

Sie saßen eine Weile vor der Halle und sahen zu, wie die Sonne hinter den Häusern verschwand. Federica erzählte der alten Frau von Brunos erstaunlich schneller Genesung, davon, wie sie ihn anfangs in ihrer Tasche überallhin mitgenommen hatte und wie er plötzlich den Entschluss gefasst hatte, in die Bücherei zu ziehen. Flavia nickte, lächelte und sagte nichts. Nach einer Weile meinte sie: »Du hast dich auch um die Kinder gekümmert, nicht wahr?« Federica musterte sie erstaunt. »Das wissen Sie?«

»Natürlich. Lello weiß es auch. Es hat uns sehr beruhigt. Das hast du gut gemacht.«

»Wer ist Lello?«, fragte Federica verwirrt, doch Flavia war mit ihren Gedanken bereits wieder woanders. »Du kümmerst dich«, sagte sie nachdenklich. »Du bist eine, die sich sorgt.«

Federica wusste darauf nichts zu erwidern. Sie hätte sagen können, dass sie sich das nicht ausgesucht hatte, sondern es einfach passiert war, dass sie die Dinge so nahm, wie sie kamen, weil es nach ihrem Verständnis des Lebens keine andere Möglichkeit gab, doch sie wusste nicht, wie sie das der fremden Frau erklären sollte. Nach einer Weile holte Flavia tief Luft und sagte plötzlich: »Kannst du dich um die Katzen an der Pyramide kümmern, wenn ich es nicht mehr schaffe?«

»Ich weiß nicht …« Federica zögerte und musterte die alte Frau unsicher. Sie hatte etwas Seltsames an sich. Man konnte leicht glauben, sie sei verrückt, aber dann wieder kamen einem Zweifel, denn außer ihrer etwas gewöhnungsbedürftigen Kleidung und dem gelegentlichen Gesang hatte sie eigentlich nichts Verrücktes an sich. Sie musste einmal schön gewesen sein, ihr dunkles Gesicht war trotz der Runzeln und Falten noch immer fein geschnitten, und ihre Augen leuchteten. Was mochte mit ihr passiert sein, dass sie hier im Testaccio zur Katzenmutter geworden war, die alle für verrückt hielten und die wie eine Bettlerin durch die Straßen zog? Hatte sie denn keine Familie? Niemanden, der sich um sie kümmerte? Federica hätte das alles gerne gefragt, doch sie ahnte, dass sie keine Antworten erhalten würde. Flavia Buonacuore hatte etwas so deutlich Zurückhaltendes und Verschlossenes an sich, dass es Federica so vorkam, als trüge sie ein blinkendes Warnschild vor sich her, auf dem stand:

»Rühr nicht an den Dingen, frag nicht!« Und Federica hielt sich an diese unsichtbare Warnung, erzählte Flavia stattdessen von Matteo und seiner Familie und davon, was ihnen Schlimmes widerfahren war. Nach einer Weile stand Flavia auf und verabschiedete sich. Federica gab ihr die Hand und sagte, plötzlich schüchtern: »Ich würde mich freuen, wenn Sie Bruno und mich wieder einmal besuchen würden.«

Flavia lächelte breit, und ihre runzelige, sonnenverbrannte Haut spannte sich wie Leder über ihren hohen Wangenknochen. »Ich komme gerne wieder. Aber nur, wenn du nicht mehr Sie zu mir sagst.«

Federica versprach es und sah der alten Frau nach, wie sie langsam in der Dämmerung davonschlurfte. Sie wusste selbst nicht, warum es ihr wichtig war, dass Flavia Buonacuore wiederkam.

SIEBZEHN

Davide Fontanari war einer der Bewohner, die im August in der Stadt geblieben waren. Er konnte es sich nicht leisten, die Praxis zu schließen, und Patienten gab es auch jetzt zur Genüge. Zwar war ein Großteil der Haustiere der Stadt mit ihren Besitzern in die Ferienhäuser verreist, dafür gab es aber leider auch eine Menge ausgesetzter Hunde, die an Autobahnraststätten zurückgelassen oder in der Villa Borghese an einen Baum gebunden worden waren und von mitleidigen Passanten, abgemagert und völlig dehydriert, zu ihm gebracht wurden. Hinzu kamen die Tiere der Touristen, deutsche Dackel mit Dornen oder Glasscherben in den Pfoten, übereifrige amerikanische Chihuahuas, die im Park der Villa Pamphili von einer Bisamratte gebissen worden waren, oder aber bedauernswerte französische Schlittenhunde mit Sonnenstich. Anders als viele andere mochte Davide die Stadt im August. Ihm machte die Hitze nichts aus, und wenn er nicht schlafen konnte, begab er sich auf eine nächtliche Wanderung durch die leeren Straßen. Er war erst vor einem Jahr hierhergezogen und wohnte nicht weit von seiner Praxis entfernt direkt unterhalb des Gianicolos. Es war ein absoluter Glücksfall gewesen, diese Wohnung zu finden. Er hatte sich Geld von seinen

Eltern leihen müssen, um sie kaufen zu können, denn der Eigentümer wollte sie nicht vermieten. Jetzt steckte er nicht nur bei der Bank wegen des Praxiskaufs bis zum Hals in Schulden, sondern stand auch noch bei seinen Eltern in der Kreide. In diesem Frühjahr hatte er immerhin damit beginnen können, erste kleinere Beträge zurückzuzahlen. Auch wenn er deswegen keine großen Sprünge machen konnte und Urlaub vorerst gestrichen war, hatte er seine Entscheidung, sein Leben von dem gepflegten Vorort, in dem seine Familie wohnte, in die Gassen von Trastevere zu verlegen, keine Sekunde bereut. Er liebte seine Wohnung, die zwar nur aus zwei Zimmern bestand, aber darüber hinaus über den Luxus einer kleinen, versteckten Dachterrasse verfügte, von der aus man fast einen ebenso guten Blick hatte wie vom Gianicolo aus, seinem Lieblingshügel, zu dem er in schlaflosen Nächten gerne spazierte und hinunter auf die schlafende Stadt sah. Seine Wohnungseinrichtung hatte er größtenteils auf dem Flohmarkt erstanden. Er mochte den Gedanken, dass die Dinge, die er besaß, schon einmal jemandem gehört hatten und ihm Geschichten erzählen konnten. Die letzten Gegenstände, die er sich geleistet hatte, standen in seinem Wohnzimmer: eine Stehlampe mit einem schönen, kaum beschädigten Jugendstil-Glasschirm und ein Schreibtischstuhl aus gebogenem Holz mit einer Lehne aus buntem Korbgeflecht. Er hatte sie an jenem Sonntag gekauft, als ihm die Frau im roten Kleid über den Weg gelaufen war. Sie spukte seither in seinem Kopf herum wie ein warmes, helles Licht in einem dunklen Wald, das immer wieder zwischen den Bäumen aufblinkte, verführerisch, geheimnisvoll und nicht zu greifen. Davide Fontanari war kein Frauentyp, dazu war er zu ungeschickt mit Worten, er verstand sich nicht auf Small Talk, und Flirten war eine Kunst, die er nicht beherrschte. Obwohl alles andere als hässlich, stachen den meisten Frauen immer nur seine roten Haare und die Brille in die Augen. Kaum eine nahm sich die Zeit, ihn genauer zu betrachten, denn sonst wäre ihnen aufgefallen, dass seine Hände außerordentlich schön waren, dass er ein kräftiges Kinn mit einem interessanten Grübchen darin hatte und in seinen grauen Augen eine Menge Humor und große Warmherzigkeit zu finden waren. Man könnte aber auch sagen, Davide gab den Frauen gar keine Gelegenheit dazu, dies ausfindig zu machen. Er senkte den Blick immer zu früh, antwortete auf eine scherzhafte Frage zwar mitunter geistreich, aber meist zu spät, und wenn auf einer Party oder bei einem ausgedehnten Essen irgendwo auf dem Land, zu dem er von Freunden eingeladen worden war, alle begannen, sich zu entspannen, und Zeit gewesen wäre, ihr Augenmerk auf Davide Fontanaris nicht ganz so offensichtlichen Vorzüge zu lenken, war Davide meist schon auf dem Heimweg. Er machte sich nichts aus Partys und endlos langen Abendessen mit Leuten, die er kaum kannte. Ihm war ein direktes Gegenüber lieber, und wenn es dieses Gegenüber nicht gab, konnte er auch ganz gut allein sein. Fünf Jahre lang war er mit Alessia liiert gewesen, eine Studentenliebe, die auch nach dem Studium noch angedauert hatte. Sie hatten nach dem Examen zwei Jahre gemeinsam in der Tierklinik Ardeatino gearbeitet und waren in dieser Zeit auch zusammengezogen. Er war glücklich gewesen, hatte geglaubt, es wäre für immer. Doch als Alessia urplötzlich und ohne Vorwarnung entschied, sich künftig auf Rennpferde zu spezialisieren, ihre Arbeit in der Klinik kündigte und einen Job an der Galopprennbahn annahm, beendete sie gleichzeitig auch ihre Beziehung. Ohne lange zu fackeln. Alessia war immer schon eine Frau der schnellen Entschlüsse und großen Ziele gewesen, und Davide war es oft schwergefallen, mit ihr Schritt zu halten, zumal er, anders als sie, meist mit dem zufrieden gewesen war, was er hatte. Später hatte er erfahren, dass sie mit dem Rennstallbesitzer zusammen war, einem Schnösel mit Maserati und dem unglaublichen Namen Annìbale Napolitano. Wann diese Beziehung begonnen hatte, ob vor oder nach ihrer Trennung, hatte er gar nicht wissen wollen. Er hatte gelitten wie ein Hund und seitdem keine Freundin mehr gehabt. Das war jetzt über zwei Jahre her. Als sich ihm die Möglichkeit bot, die Praxis in der Via del Porto zu übernehmen, hatte er nicht lange gezögert und zugegriffen, obwohl ihm seine Freunde und auch seine Eltern davon abrieten. Er hatte eine gute Position in der Klinik gehabt, gut verdient, hätte Karriere machen können. Stattdessen steckte er seine ganzen Ersparnisse in eine veraltete Praxis in einem eher ärmlichen Stadtviertel, in dem man sich als Tierarzt ganz sicherlich keine goldene Nase verdienen würde. Doch das war ihm gleichgültig gewesen. Dieser

Wechsel bedeutete für ihn einen radikalen Neuanfang, einen Bruch mit allem Bisherigen, daher hatte er auch diese Wohnung gekauft, obwohl ihm Alessia ihre gemeinsame Wohnung bei ihrem Auszug großzügig überlassen hatte. Er wollte komplett neu anfangen und Alessia und alles, was mit ihr zusammenhing, vergessen. Während er sich langsam im lauten, bunten Trastevere eingewöhnte, fiel ihm auf, dass der eigentliche Grund für diesen Umzug, Alessia, längst nicht mehr wichtig war. Er dachte kaum noch an sie und sein altes Leben, traf sich nur noch selten mit seinen Freunden, und wenn, wusste er nichts zu erzählen. Ihre Welten waren auseinandergedriftet, sie sprachen nicht mehr dieselbe Sprache. Davide hatte diese Entwicklung mit einem gewissen Erstaunen konstatiert, jedoch ohne großes Bedauern. Er war glücklich mit seiner Praxis und in seiner neuen Umgebung, und mittlerweile sah es sogar so aus, als gelänge es ihm, Signora Mazza in den Griff zu bekommen. Zumindest war der nervige Ficus nach seinem Wutausbruch letzte Woche sang- und klanglos aus der Praxis verschwunden. Stattdessen stand jetzt auf dem Tresen ein rosa Alpenveilchen, mit dem er wunderbar leben konnte. Heute Morgen hatte sich außerdem ein mittleres Wunder ereignet, das ihn einen Moment lang noch sprachloser gemacht hatte, als er es ohnehin die meiste Zeit war. Signora Mazza hatte ihm einen Cappuccino gebracht. Das war noch nie vorgekommen. Er hatte sich bedankt und war dabei ein bisschen ins Stottern geraten, was ihn im Nachhinein natürlich wieder ärgerte. Aber dann sagte er sich, dass es wohl kein Wunder war, wenn man angesichts solch unglaublicher Ereignisse ins Stottern kam, und gebot sich Nachsicht mit sich selbst. Der Cappuccino hatte wunderbar geschmeckt, und der Rest des Tages war in noch nie da gewesener Harmonie verlaufen. Trotzdem hatte er es nicht gewagt, Signora Mazza die Frage zu stellen, die er seit jenem Sonntag auf dem Flohmarkt mit sich herumtrug. Er hatte versucht, die Idee, die ihm damals gekommen war, zurückzudrängen, sie als aberwitzig und von vorneherein zum Scheitern verurteilt abzutun und die Frau im klatschmohnroten Kleid zu vergessen. Doch das war ihm nicht gelungen. Im Gegenteil. Mittlerweile beherrschte diese Frau und das unbekannte Schicksal ihrer Katze einen Großteil seiner Gedanken, vor allem nachts, wenn er aufgrund der Hitze schlaflos im Bett lag oder aber stundenlang ziellos durch die Straßen schlenderte. In diesen Nächten überlegte er, wie die Frau heißen könnte und wo sie wohl wohnen mochte. Sicher nicht weit von hier, vielleicht nur ein paar Straßen von seiner Praxis entfernt? Er ging an den Häusern entlang, betrachtete die alten Fassaden und las hier und da eines der Klingelschilder. Konnte es sein, dass sie Sara Fontanella hieß? Emilia Locatelli? Linda Mantovani? Oder war sie der weibliche Teil von Enzo und Patrizia Mancin? Er hatte schon in Signora Mazzas Terminbuch nachgesehen, aber der Name war durchgestrichen, er konnte nichts mehr entziffern und wagte es nicht, Signora Mazza danach zu fragen, um sich keine Blöße zu geben. Es blieb ihm also nichts anderes übrig, als in ihrer Computerdatei nachzuschauen. Signora Mazza bewachte diese Datei wie ein Hund seinen Knochen. Die Daten waren ihr Herrschaftswissen, Grundlage ihrer unangefochtenen Machtposition, und sie rückte jede noch so kleine Information nur sehr widerstrebend heraus. Die Vorstellung, sie nach Namen und Adresse einer Frau zu fragen, die nur ein Mal da gewesen und nie wieder erschienen war, jagte Davide einen Angstschauer über den Rücken, denn diese Frage würde unweigerlich die Gegenfrage nach dem Grund nach sich ziehen. Sicher musste er dazu keine Erklärung abgeben, immerhin war er der Chef, aber trotzdem. Er wusste ja selbst nicht einmal, warum er diese Informationen wollte. Heute, nachdem Signora Mazza gegangen war, hatte er sich ein Herz gefasst und sich an ihren Computer gesetzt. Er kannte ihr Passwort, das sie ihm gleich zu Anfang – ebenfalls widerstrebend, aber immerhin – für Notfälle gegeben hatte, und so begann er, in ihren Dateien zu stöbern. Es war nicht so einfach, wie er gedacht hatte, da er nichts wusste außer dem Datum, an dem sie hier gewesen war, und er alle angelegten Kunden nach dem Anlagedatum sortiert abfragen musste. Schließlich wurde er aber doch fündig: *Federica Mazzanti, Via del Arcangelo 6. Telefonnummer: keine; Patient: Katze, Name: Bruno, männlich, Alter unbekannt; Rasse: keine.*

Davide Fontanari notierte sich alles genau, bevor er sich vorsichtig wie ein Hacker wieder aus dem System Mazza schlich und nach Hause ging. Er setzte sich auf die Dachterrasse seiner Wohnung und trank ein Glas eiskalten Weißwein, während er den kostbaren Zettel wie einen Schatz in seinen Händen hielt und wieder und wieder den Namen las, der darauf stand. Federica. Ein schöner Name, der zu ihr passte. Und er wusste jetzt, wo sie wohnte. Die Via del Arcangelo war eine Straße im Testaccio, auf der anderen Seite des Tibers, er hatte auf dem Plan nachgesehen. Nicht weit von hier. Gar nicht weit. Man konnte fast zu Fuß hingehen. Aber durfte man das tun? Und vor allem: Wie sollte es dann weitergehen? Was sollte er sagen, falls er ihr begegnete? Er wusste, er würde nichts sagen können. Nichts Originelles jedenfalls. Nichts, was ihn weiterbringen würde. Davide Fontanari seufzte schwer, und in ihm kehrte plötzlich, heftig und zornig wie eine Sturmbö aus heiterem Himmel, ein alter Wunsch zurück, den er als Kind oft gehegt hatte, wenn er wütend irgendwo an einer Ecke herumstand, lachend von den anderen zurückgelassen, wieder einmal gedemütigt von irgendeinem angeberischen, großmäuligen Idioten mit Scheißfrisur. In solchen Augenblicken hatte er sich eine Art gute Fee herbeigewünscht oder einen Zauberer, der dafür sorgte, dass ihm, verdammt noch mal, ein Mal, ein einziges Mal in seinem Leben, die richtigen Worte zum richtigen Zeitpunkt einfielen.

Aber diese gute Fee war nie gekommen, wenn er sie gebraucht hätte, und mit diesem Wissen scheute er davor zurück, etwas so Tollkühnes zu tun und einfach eine junge Frau anzusprechen, die sich wahrscheinlich gar nicht mehr an ihn erinnern konnte. Er schämte sich plötzlich, ihre Adresse aus dem System geholt zu haben, noch dazu heimlich wie ein Stalker. Es war nicht richtig, ihr auf diese Weise nachzuspionieren. Während der Himmel über der Stadt langsam violett wurde und der Duft der Pinien vom Gianicolo zu ihm herüberwehte, beschloss er stattdessen schweren Herzens, dem Schicksal zu vertrauen. Wenn es sein sollte, dann würde er sie wiedersehen, so wie er sie schon einmal getroffen hatte, und wenn nicht, dann war es eben so. Langsam zerriss Davide Fontanari den Notizzettel mit ihrer Adresse und warf die Fetzen hinunter auf die Straße. Sein Entschluss hinterließ einen bitteren Nachgeschmack auf seiner Zunge, dennoch fühlte es sich richtiger an, als einfach mit dem Zettel in der Hand in die Via del Arcangelo zu gehen und an ihrer Tür zu klingeln. Bei einem weiteren Glas Wein malte er sich aus, wie die Frau im klatschmohnroten Kleid, deren Namen er jetzt kannte und den er trotz seines Entschlusses, sie nicht zu suchen, nicht mehr vergessen würde, wohl leben mochte. Er fragte sich, ob sie allein war oder einen Partner hatte, wovon sie träumte und wonach sie sich sehnte in Momenten wie diesen, wenn es langsam Nacht wurde und man wieder einmal feststellen musste, dass man in dieser Stadt, so schön sie auch war, niemals einen Stern am Himmel zu sehen bekam.

ACHTZEHN

Wie zuvor schon Anna Bianchi, so kam auch Flavia Buonacuore wieder in Federicas Bücherei. Doch anders als bei dieser, wusste man nicht so genau, warum sie eigentlich auftauchte. Sie sprach kaum etwas, lieh sich kein Buch aus und tat auch sonst nichts Besonderes. Sie kam immer spät am Abend und setzte sich für eine viertel oder halbe Stunde zu Federica und Bruno vor die Halle. Manchmal waren auch Martino und Jo da, und dann tranken sie zusammen Wein. Flavia nahm immer nur ein halbes Glas, und sie trank so vorsichtig und langsam, als habe sie Angst, das Glas in ihrer Hand könne explodieren. Für Federica war Flavia ein Rätsel, das sie gerne gelöst hätte. Doch Flavia gab ihr keinerlei Hinweise. Sie sprachen nur über Unbedeutendes, und oft sagte die alte Frau gar nichts, starrte nur vor sich hin und schien in Gedanken weit fort zu sein. Die Katzen an der Pyramide und ihre Bitte an Federica, sich um sie zu kümmern, erwähnte sie nie wieder. Einmal erzählte ihr Federica ganz spontan etwas, was sie am Vormittag von Pasquale erfahren hatte, nämlich dass es vor vielen Jahren eine berühmte Schauspielerin gegeben hatte, die sich ähnlich leidenschaftlich um Roms Katzen gekümmert habe wie jetzt Flavia. Federica hatte den Namen zwar schon gehört, aber die Schauspielerin war bereits Anfang der Siebziger gestorben, und Federica wusste über sie nur das, was der redselige Pasquale ihr erzählt hatte. Als Federica Flavias Gesicht sah, verstummte sie. Flavia starrte sie an, als habe sie einen Geist gesehen. Ihre Hände zitterten, und sie konnte kaum noch die kleine Espressotasse halten, nach der sie soeben gegriffen hatte. Federica nahm sie ihr behutsam aus der Hand. »Was ist mit dir, Flavia? Geht es dir nicht gut?«

»Ich habe sie gekannt …«, flüsterte die alte Frau so leise, dass Federica sie kaum verstand, »… ich habe sie alle gekannt …« Dann begann sie zu Federicas Bestürzung zu weinen.

Flavia wusste nicht mehr genau, wie sie nach Hause gekommen war. Federica hatte sie begleiten wollen, aber das hatte sie heftig abgelehnt. Sie wollte allein sein. Jetzt saß sie an ihrem zerkratzten Küchentisch und starrte mit brennenden Augen auf das Foto in ihren Händen, das an ihrer vergilbten Küchenwand neben der Bescheinigung des Tierschutzvereins gehangen hatte. Sie hatte kein Licht gemacht, und durch das offene Fenster drang nur noch ein spärlicher Schimmer Helligkeit. Hohe Absätze klapperten vorbei, sie hörte die Rufe eines Mannes, ein knatterndes Mofa. Die beiden Gesichter auf dem Foto waren im Zwielicht kaum mehr zu erkennen, doch das war auch nicht nötig, Flavia hatte das Bild im Kopf, jede Linie, jedes Detail, sie konnte blind mit dem Finger den

Schriftzug am Rand nachzeichnen *Mia cara amica, per sempre* … Meine liebe Freundin, für immer …

Die unschuldige Frage von Federica hatte etwas in ihr aufgerissen, was sich nicht mehr schließen ließ. Das Geheimnis ihres Lebens, das sie jahrzehntelang mit sich herumgetragen hatte, wurde ihr plötzlich zu schwer. Es drückte ihr die Luft ab und lag auf ihrem Herzen wie Blei. Es war alles viel zu lange her. Niemand interessierte sich mehr für damals. Es spielte keine Rolle mehr, ob sie Flavia Buonacuore war oder jemand ganz anderes. Es spielte auch keine Rolle mehr, dass sie über Dinge Bescheid wusste, die einmal einem Menschen das Leben gekostet hatten. Das Leben war weitergegangen, alles war vergessen und begraben und nur sie war übriggeblieben, ein Fossil aus der Vergangenheit. Doch das war ihr erst heute klar geworden, als sie in das junge, glatte Gesicht von Federica geblickt hatte, die geboren worden war, als alles schon vorbei gewesen war. Es war genug, beschloss sie plötzlich. Sie war müde und hatte keine Lust mehr, sich zu verstecken. Schwerfällig stand sie auf und knipste die surrende Neonleuchte über ihrem Herd an. Dann kramte sie in einer vollgestopften Schublade der Anrichte herum und zog ein zerknittertes braunes Kuvert heraus. Sie schaute nicht hinein, wusste ja, was auf den vergilbten Zeitungsartikeln stand, hatte alles mit eigenen Augen gesehen, alles selbst erlebt. Stattdessen schob sie das gerahmte Bild mit in den Umschlag, verschloss diesen mit einem Gummiband und schrieb »Für Federica« auf das braune Papier, und nach kurzem Zögern fügte sie noch hinzu: *Prenditi cura!* Kümmere dich! Sie würde es bewahren. Sie war eine, die sich sorgte. Es war alles gut. Noch einmal stand sie auf, holte aus dem Schrank unter der Spüle die angebrochene Flasche von Lellos schwarzgebranntem Grappa und goss sich ein kleines Glas ein. Dann zog sie aus der Brusttasche einer ihrer Blusen ihre Zigaretten, brach mit ihrer Gewohnheit, nur sonntags zu rauchen, und zündete sich eine an. Im fahlen Licht der flackernden Neonröhre, die der engen, dunklen Küche einen grünlichen Schimmer verlieh, prostete sie dem leeren Fleck an der Wand zu und kippte den Grappa in einem schnellen, bitteren Schluck hinunter.

Am 14. August bekam Federica in ihrer Bücherei Besuch von einem seltsamen Mann, den sie nicht kannte. Er war klein und dürr und ging steif wie ein Stock, was auf Rückenprobleme schließen ließ. Gekleidet war er mit einer ausgeleierten dunkelroten Jogginghose mit dottergelben Bündchen und dem ebenfalls gelben Schriftzug ROMA auf dem rechten Oberschenkel, dazu trug er blau-weiße Badeschlappen und ein weißes, geripptes Unterhemd. Auf seiner mageren Brust hing eine dicke goldene Kette, ebenso an seinem knochigen dunkelbraunen Handgelenk. Seine spärlichen schwarzen Haare, unter denen die Kopfhaut durchschimmerte, waren streng zurückgekämmt und ringelten sich im sonnenverbrannten Nacken. Er streckte Federica, die ihn verdutzt musterte, förmlich seine rechte Hand entgegen und sagte mit bedeutungsvollem Unterton in der Stimme: »Lello Hernandez, *Lo Spagnolo*.«

Federica nickte zögernd. Der Name sagte ihr nichts.

Lello Hernandez seufzte, kratzte sich am Ohr und meinte gnädig: »*Va bene*, du bist noch zu jung, um mich zu kennen.«

»Entschuldigung«, erwiderte Federica eingeschüchtert.

»Ich bin ein guter Freund von Flavia, und dich kenne ich auch«, fuhr der Mann unbeirrt fort, und seine Stimme klang herrisch, als wäre er Gutsbesitzer und kein kleiner, dunkelbrauner alter Mann in geschmackloser Jogginghose. »Du machst das hier gut mit dem Bücherdings. Die Leute mögen dich.«

»Danke …« Federica hatte keine Ahnung, was der Mann von ihr wollte.

»Morgen ist Ferragosto.«

»Ja …?«

»Wir sollten ein Fest machen. Hier.« Er deutete mit einem krummen Finger auf den staubigen Fleck vor der *Libreria*, wo er gerade stand.

»Äh …«

»Sag Mimmo Batticinque Bescheid und auch den beiden anderen Jungs. Sie sollen die Leute einladen und für die Getränke sorgen. Fleisch und Grappa bringe ich mit.« Er nickte ihr knapp zu und ging.

Federica sah ihm verwirrt nach. Ein Fest? Mit diesem seltsamen Menschen? Sie beschloss, sofort Mimmo zu fragen, und rief ihn an. Er war noch zu Hause und kam vorbei, um sie darüber aufzuklären, dass Lello Hernandez früher so etwas wie der Pate des Schlachthofviertels gewesen war und dass ihm noch heute nichts entging, was hier geschah.

»Und warum kennt ihr ihn?«, wollte Federica wissen.

»Ach, einfach so«, wich Mimmo aus, und als Federica ihn streng musterte, senkte er den Blick.

»Also gut: Wir kaufen ihm Zigaretten ab, und ich besorge den Grappa fürs Restaurant bei ihm, den füllen wir dann im Restaurant in offizielle Flaschen ...« Als er Federicas empörten Blick sah, wedelte er hastig mit den Händen. »Das ist nicht so, wie du denkst, er brennt einen ganz erstklassigen Grappa! Sogar meine Chefin trinkt ihn lieber als jeden anderen.«

»Wo brennt er ihn denn?«, wollte Federica wissen. »Hier?«

Mimmo zuckte mit den Schultern. »Ich weiß nicht. Vielleicht in einer der alten Hallen, die noch immer leer stehen, oder irgendwo drüben in Trastevere in einem Keller ... so genau will ich das gar nicht wissen.«

»Und das ist alles?« Federica warf ihm einen forschenden Blick zu. Sie wollte genau wissen, wer ein Ferragosto-Fest in ihrer Bücherei ausrichten wollte. Mimmo wand sich ein wenig. »Schon ... ja, also fast ...«

»Ja?« Federica wartete, und Mimmo nahm sie am Ellenbogen und führte sie in die *Libreria*. »Du darfst aber nicht sauer sein.« Voller böser Vorahnung ging Federica mit ihm hinein. Mimmo deutete auf die offizielle Erlaubnis, die Bücherei betreiben zu dürfen, die er ihr damals besorgt hatte und die jetzt in einem Glasrahmen für jeden gut sichtbar an der Wand hing. »Erinnerst du dich noch daran, dass du nicht wusstest, wie du dir diese Erlaubnis besorgen sollst, und deswegen fast« – er lachte ein bisschen – »*diomio*, in die Stadtverwaltung gegangen wärst?«

Federica nickte. »Ja, du hast mir gesagt, du hättest den früheren Betreiber ausfindig gemacht …«

Mimmo zog ein wenig den Kopf ein. »Jaaa … das stimmte nicht ganz …«

»Wie bitte?«

»Jo und ich, also … wir haben die Erlaubnis von Lello bekommen.«

»Von Lello bekommen?«, wiederholte Federica verwirrt. »Aber wieso kann er …?« Dann ging ihr ein Licht auf. »Diese Erlaubnis ist gar nicht echt?«

Mimmo zuckte erneut mit den Schultern. »Ich weiß nicht, woher er sie hat oder ob er sie vielleicht auch selbst gemacht hat. Sie sieht jedenfalls sehr echt aus, oder?«

Federica gab keine Antwort. Sie nahm das Schreiben ab und musterte es kritisch, ihre Augen wanderten über die Stempel, den offiziellen Briefkopf und die bunten *marche da bollo*, die Gebührenmarken, an der Seite, und sie konnte keinen Hinweis darauf erkennen, dass es gefälscht war. »Vielleicht hatte Lello Hernandez ja wirklich die echte Erlaubnis?«, mutmaßte sie. »Ich meine, wenn er jeden im Viertel kennt …«

»Ja, vielleicht«, erwiderte Mimmo. »Kann schon sein …« Federica sah ihn an. Sie wussten beide, wie unwahrscheinlich das war. Aber sie wussten auch beide, wie unwahrscheinlich es war, dass jemand kam und nachprüfte, ob dieses Dokument echt war, und wenn nicht, wann und von wem es gefälscht worden war. Es machte also keinen Unterschied, woher dieses Blatt Papier stammte. Federica war nicht die Person, die dazu neigte, aus einer Mücke einen Elefanten zu machen, also hob sie nur die Hände und sagte: »Wir wissen es nicht. Und auch niemand sonst weiß es. Also, wen kümmert's?«

Mimmo grinste erleichtert und hob seine Rechte, in die sie lächelnd einschlug. »Ich wusste, dass du kein Problem damit hast«, meinte er, als sie wieder nach draußen gingen.

»Ach, und darum hast du mir eine Lügengeschichte aufgetischt?«, fragte Federica trocken.

»Lügengeschichte!? *Ma dai!* Also, bitte! Das habe ich nur erzählt, um dich nicht in Gewissenskonflikte zu stürzen, Fé! Das war der einzige Grund, so wahr ich Mimmo Batticinque heiße!« Er sah sie treuherzig an, und Federica musste lachen. »Ich denke, wenn wir diesem Herrn Hernandez so viel zu verdanken haben, ist das Grund genug für ein Fest, oder?«

Das Fest der *Libreria Due Mondi* war ein Ereignis, wie es schon sehr, sehr lange nicht mehr vorgekommen war. Ein Stadtviertelfest, an dem sich alle, die zu Ferragosto hiergeblieben waren, beteiligten. Lello Hernandez kam bereits am Morgen, zusammen mit zwei finster aussehenden Gestalten, die auf einer Sackkarre eine riesige verbeulte

Kühlbox voller Fleisch, einen rostigen Grill und einen Sack Kohle schleppten und die, wie er knapp verkündete, das Grillen übernehmen würden. Rosanna und Pasquale Balducci stifteten eine Kette bunter Glühbirnen, die sie, sich wie üblich gegenseitig ankeifend, an die Hallenfassade hängten, zwei Kisten Rotwein und einen ganzen Schwertfisch, frisch vom Großmarkt, der grau glänzend und samt Schwert in einer Plastikwanne auf Eis lag. Raffi aus der Bar brachte Prosecco mit, Anna Bianchi und ihre Kinder buken Kuchen, Rosannas Freundinnen schleppten Backbleche voller Bruschette und Crostini an, die dicke Cinzia brachte eine riesige Schüssel Tomatensalat mit Oliven und mehrere Gläser eingelegte Zucchini. Federica besorgte Limonade, Servietten, Pappbecher, Teller und Kerzen und lud kurz entschlossen auch noch ihren Chef von der Poststelle ein, der in letzter Zeit noch fröhlicher war als sonst, was – so vermutete Federica – offenbar daran lag, dass Simonetta ihn endlich erhört hatte und sich nicht mehr nur darauf beschränkte, ihn in die Wange zu kneifen. Deswegen fügte Federica bei ihrer Einladung auch ganz beiläufig hinzu, es wäre schön, wenn Ermano »seine Begleitung« mitbrächte. Prompt erschienen ein strahlender Ermano im beigefarbenen Anzug und eine ebenso strahlende Simonetta mit frisch gelockten Haaren und einem himmelblauen Sommerkleid mit üppigem Ausschnitt, in den Ermano jedes Mal, wenn er ihr einen Blick zuwarf, zu fallen drohte. Auch Federicas Vermieterin, Signora Julitta Bevilacqua, kam und brachte einen Strauß rosa Nelken mit. Jo, Mimmo und Martino hatten ein paar Kisten Weißwein organisiert sowie Bänke, Tische und Stühle, die sie, zusammen mit einer ganzen Truppe sie anhimmelnder, blasser Studentinnen aus England, bereits am Nachmittag aufbauten. Am Ende erschien Lello Hernandez zusammen mit Flavia Buonacuore. Sie hatten sich beide in Schale geworfen. Lello trug einen abgetragenen, aber noch immer eleganten dunkelbraunen Anzug, dazu ein weißes Hemd, spitze, altmodische Schuhe und einen Borsalino-Hut. Er sah aus wie eine magere Ausgabe von Lino Ventura in dem Film *Der Clan der Sizilianer*, und Federica erkannte ihn kaum wieder. Flavia war ebenfalls verändert. Sie hatte auf ihre zahlreichen Blusen und ihre selbst genähten Röcke verzichtet und trug stattdessen ein geblümtes Kleid, das aussah, als stamme es aus den Fünfzigerjahren. Es war ihr zu weit, und wenn man genau hinsah, konnte man erkennen, dass es am Rücken mit einer Sicherheitsnadel zusammengerafft worden war, damit es ihr nicht von den mageren Schultern rutschte. Auch ihre vergilbten, rot gescheckten Haare hatte sie im Fünfzigerjahre-Stil toupiert und am Hinterkopf zu einer Art Bananenrolle geschlungen. Ein geschwungener schwarzer Kajalstrich auf ihren faltigen Lidern und roter Lippenstift vollendeten das Bild. Fast hätte sie ein bisschen mondän ausgesehen, wären da nicht die Schuhe gewesen. In Ermangelung passender Schuhe trug Flavia ihre alten schwarzen Hausschlappen, mit denen sie tagein, tagaus herumschlurfte. Außerdem hatte sie eine stilmäßig ebenfalls unpassende grüne Nyloneinkaufstasche dabei, die sie nicht aus den Augen ließ.

Sie hätten lächerlich wirken können, die beiden alten, komischen Gestalten, doch das taten sie nicht. Wie sie auf ihren Stühlen saßen, in ihren feinen Kleidern, strahlten sie fast so etwas wie Würde aus. Lello schaute ernst wie ein Patrone, nötigte jeden, ein Glas seines Grappas zu trinken, und Flavia … ja, Flavia war an diesem Abend eine andere. Federicas Blick wanderte immer wieder zu ihr hinüber, so erstaunt war sie über die Verwandlung der alten Frau, seit sie bei ihrem letzten Treffen weinend davongegangen war. Sie wirkte, als ob ihr eine große Last von den Schultern genommen worden wäre, schien leichter, fröhlicher zu sein. Und wenn man sie zum ersten Mal sah – und ihre Schuhe ignorierte –, hätte man nicht glauben mögen, dass sie normalerweise mit einem Einkaufswagen voller gekochter Spaghetti durch die Straßen schlurfte, drei Blusen übereinander und einen Vorhangrock mit goldenen Troddeln trug. Nach dem Essen packte Martino ein kleines Bandoneon aus und begann, unter den verliebten Blicken der englischen Studentinnen zu spielen. Das Musizieren war ein weiterer seiner inzwischen etwas unübersichtlich gewordenen Erwerbszweige, und nachdem ihm das Legionärsdasein von den Stadtoberen zunehmend erschwert wurde, hatte er diesen ausgebaut. Er spielte meist abends auf der Piazza vor der Kirche Santa Maria in Trastevere und gelegentlich auch in dem Touristenrestaurant, in das Signora Zafferano immer ihre ausländischen Gäste schickte, wenn diese nach etwas »Typischem« fragten. Sein Repertoire umfasste die Wünsche der Gäste und der Einheimischen gleichermaßen, und dementsprechend hatte er die ganze Palette italienischer Volkslieder im Gepäck. Außerdem konnte er einige Tangos und Tarantellas. Ermano Buzzetti war begeistert. Er begann sofort, schwungvoll mit Simonetta zu tanzen, und forderte nach und nach alle anwesenden Frauen auf. Sogar Flavia tanzte mit ihm einen langsamen Tango, den sie trotz ihrer Schlappen erstaunlich würdevoll meisterte. Federica hatte sich zurückgezogen, saß mit Bruno auf dem Schoß vor dem Eingang ihrer Bücherei und betrachtete das fröhliche Treiben aus der gelassenen, etwas verträumten Distanz, die ihrem Wesen entsprach. Es machte sie glücklich, dass all diese Leute, von denen sie die meisten im Laufe dieses Sommers gut kennengelernt hatte, so vergnügt zusammen feierten, doch sie verspürte kein Bedürfnis, mittendrin zu sein. Viel lieber war es ihr, ein wenig abseits zu stehen, gelegentlich mit dem einen oder anderen zu plaudern und ansonsten einfach nur zuzusehen. Je später der Abend, desto ausgelassener wurde die Stimmung. Ermano Buzzetti begann zu singen, er kannte nahezu alle Lieder, die Martino spielen konnte, dazwischen flocht er immer wieder ein bisschen Eros Ramazzotti ein, und alle sangen mit. Flavia saß still neben Lello Hernandez und rauchte eine Zigarette. Auch das war neu für Federica. Sie hatte Flavia noch nie rauchen sehen. Manchmal schaute sie zu ihr herüber, und Federica hatte den Eindruck, als wäre sie kurz davor, aufzustehen und zu ihr zu kommen, um ihr etwas zu sagen. Doch dann war der Augenblick wieder vorbei, und Flavia wandte sich ab und klopfte in einer fast rührend eleganten Geste die Zigarettenasche auf einem der leeren Pappteller ab. Jemand wünschte sich das Lied *O surdato 'nnamurato*. Sobald die ersten Töne erklangen, warf sich Ermano in die Brust und begann, begeistert zu schmettern: »*Staje luntana da stu core, a te volo cu 'o penziero …*« Alle anderen fielen mit ein, und als der Refrain ertönte: »*Oje vita, oje vita mia … oje cor 'e chistu core … si' stata 'o primmo ammore …*«, sprang Bruno von Federicas Schoß und zog sich pikiert in die Bücherei zurück. Federica sah ihm lächelnd dabei zu, wie er lautlos auf die Lehne des Sofas sprang und von dort aus mit skeptischem Blick dem lauten Gesang von draußen lauschte. »Ich versteh dich, das ist nichts für dich«, meinte sie leise und ging zu ihm hin, um ihn hinter den Ohren zu kraulen. Der Kater schloss halb die Augen und begann zu schnurren. Am liebsten hätte sich Federica zu ihm gelegt, sich zusammengerollt wie er, die Augen geschlossen und ihren ausgelassenen Gästen nur noch aus der Ferne zugehört. Sie genoss den Abend, aber ihr Gemüt war leiser, und sie spürte, dass sie eine kleine Pause brauchte.

Flavia Buonacuore saß ganz still auf der Bank, als Ermano Buzzetti das Lied anstimmte. Die vertraute Melodie, die sie selbst so oft vor sich hin gesummt hatte, um sich oder die wilden Katzen zu beruhigen, rührten sie plötzlich so tief in ihrem Herzen, dass sie kaum noch atmen konnte. Sie warf einen Blick in die Runde, suchte Federica, doch sie konnte sie nirgends entdecken. Es ist zu spät, dachte sie, und kurz wurde sie von Panik erfasst, doch dann wurde ihr klar, dass das nicht stimmte. Sie hatte ihr Geheimnis ja schon losgelassen, gleichgültig, ob sie noch mit Federica darüber sprechen konnte oder nicht. Ihr wurde ganz leicht ums Herz. Leise begann sie mitzusingen: »*Oje vita, oje vita mia* …«, und die Menschen um sie herum verschwanden, verwandelten sich in andere Menschen, Menschen, die sie früher gekannt hatte, allen voran einen knochigen Mann mit schwarzen Augen und harten, bäurischen Zügen, der Geschichten in so kraftvollen Bildern erzählen konnte wie noch nie jemand zuvor, und sie sah sich selbst, hörte ihr altes, fröhliches Lachen, das am Strand von Ostia zusammen mit ihm gestorben war, und fand endlich ihren Frieden. Dort, wo sie jetzt hinging, würde sie ihr Lachen wiederfinden. Das wusste sie. Und alles war gut.

NEUNZEHN

Am Tag nach Flavias Tod stand Lello vor der Bücherei, wieder in Badeschlappen und Jogginghose, und überreichte Federica ein dickes Kuvert aus braunem Papier, auf dem ihr Name geschrieben stand und ein weiteres Mal die Worte, die sie schon kannte und mit denen Flavia ihr bereits den Kater anvertraut hatte: Kümmere dich! Lello meinte dazu nur, sie habe es beim Fest dabeigehabt, um es Federica zu geben, sei aber nicht mehr dazu gekommen. Er habe das Kuvert mitgenommen, als man Flavia weggebracht hatte. Federica nahm es bedrückt entgegen und bedankte sich, und Lello ging ohne ein weiteres Wort. Entweder interessierte ihn nicht, was in dem Päckchen war, oder er wusste es bereits. Zusammen mit Bruno, der neugierig um ihre Beine strich und dann auf den Tisch sprang, öffnete Federica das Kuvert und zog ein gerahmtes Foto mit Widmung und ein paar Zeitungsausschnitte heraus. Auf dem Schwarz-Weiß-Foto waren eine ausnehmend schöne junge Frau und ein Mann mit dunklen, kantigen Gesichtszügen zu sehen. Er hatte locker seinen Arm um sie gelegt, und sie lachten einander an. Federica las die Widmung und nahm dann die Zeitungsausschnitte zur Hand. Es waren kurze, längst unwichtig gewordene Nachrichten aus Klatschspalten und einige größere Artikel, die über Filmpremieren und die Ermordung eines berühmten Regisseurs aus den Siebzigern berichteten, der nie restlos aufgeklärt worden war. Federica erkannte den Mann auf den körnigen, vergilbten Zeitungsbildern, es war derselbe Mann wie auf Flavias Foto. Nachdenklich legte Federica die Ausschnitte beiseite und sah sich das gerahmte Foto noch einmal genau an. Die Frau auf dem Foto musste Flavia sein. Federica erinnerte sich an die Frisur und den Lidstrich, die Flavia bei dem Fest zu Ferragosto getragen hatte, und erkannte nun verblüfft die Ähnlichkeit zwischen der lachenden jungen Frau und der alten Katzenmutter. Plötzlich fiel ihr etwas ein, was sie gelesen und was seitdem in einem Winkel ihres Unterbewusstseins geschlummert hatte. Sie sprang auf und ging zu einem ihrer Bücherregale. Ohne lange suchen zu müssen, zog sie das abgegriffene Taschenbuch heraus, das ihr der Flohmarkthändler von Porta Portese vor Kurzem geschenkt hatte. Sie hatte recht gehabt, es war tatsächlich die Biografie eben jenes Regisseurs auf dem Bild. Sie blätterte hastig und fand das Foto der jungen Schauspielerin, bei dem sie damals auf dem Flohmarkt schon kurz gestutzt hatte. Sie hatte sich nicht getäuscht: Die Frau war identisch mit der Frau auf Flavias Foto. Es war die junge Flavia. Sie war Schauspielerin gewesen, hatte mit den bekanntesten Filmgrößen der damaligen Zeit gedreht, auch mit Anna Magnani, ebenjener Schauspielerin, die später die Katzenmutter von Rom genannt worden war und von der ihr Federica kürzlich erzählt hatte. Federica verstand jetzt Flavias Tränen an jenem

Nachmittag – alte Erinnerungen hatten sie ausgelöst. Und tatsächlich, dort stand auch ihr Name: *Buonacuore*. Doch wider Erwarten war es nicht der bürgerliche Name der Schauspielerin, sondern der Spitzname der Frau aus dem Film, über den in dem Kapitel berichtet wurde. Sie ließ das Buch sinken. Auch wenn man an Zufälle glaubte, was Federica jedoch noch nie getan hatte, so war dies sicherlich keiner. Sie ging an ihren Computer, fand aber außer dem dürren Eintrag in einer Filmografie keinerlei Hinweise über die Schauspielerin, die damals die Rolle der „Buonacuore" gespielt hatte. Noch nicht einmal ihren Geburtstag. Es gab sie gar nicht. Und Federica wusste auch, wieso: Sie war, lange bevor alles Wichtige und Unwichtige im Internet gespeichert worden war, von der Bildfläche verschwunden und als verrückte Katzenfrau Flavia Buonacuore wieder aufgetaucht.

Warum?

Sie würde es nicht mehr erfahren. Federica schaltete den Computer wieder aus und schob die Artikel zurück in den Umschlag. Das Foto behielt sie in der Hand, betrachtete es eine Weile liebevoll und fuhr mit einem Finger über den geschwungenen Schriftzug. Nach einer Weile stand sie auf und stellte das Foto in eine Nische auf dem Fensterbrett neben Brunos Schlafplatz, wo sie es sehen konnte und es dennoch vor allzu neugierigen Blicken geschützt war. Sie lächelte der jungen, lachenden Frau auf dem Bild verschwörerisch zu. Sie würde ihr Geheimnis bewahren.

Die Beerdigung fand am Samstag nach Ferragosto statt, und es kamen alle Leute aus dem Viertel. Ein endloser Zug Menschen, dem Begräbnis einer bedeutenden Persönlichkeit würdig. Sie wurde begraben als Flavia Buonacuore, doch niemand wusste ihr Geburtsdatum und ihren Geburtsort. Man hatte halbherzige Nachforschungen angestellt, immerhin, von Amts wegen und trotz der Ferienzeit, aber nichts herausfinden können. Kein Melderegister hatte sie registriert, es gab keinen Pass, keine Unterlagen, nichts. Keiner wusste, wovon sie gelebt hatte, im Backrohr ihrer winzigen Wohnung hatte man nur eine Schuhschachtel mit uralten Fünfzigtausend-Lire-Scheinen gefunden. Hatte sie Rente bezogen? Unter welchem Namen? Es gab kein Konto und keine Dokumente.

Zwei Menschen hätten den Behörden weiterhelfen können, doch sie taten es nicht. Lello Hernandez hatte über dunkle Kanäle, über die nie gesprochen wurde, vor vielen Jahren schon erreicht, dass Flavia unter einem weiteren falschen Namen eine kleine Rente ausbezahlt wurde. Aber darüber verlor er kein Wort. Und Federica, in deren Hände alles andere übergeben worden war, was es über Flavia Buonacuore noch zu wissen gab, schwieg ebenfalls. Das ganze Viertel hatte zusammengelegt, um Flavia ein Grab auf dem protestantischen Friedhof hinter der Pyramide kaufen zu können. Dass dies überhaupt möglich war, war ebenfalls Lello Hernandez zu verdanken, und diejenigen, die zaghaft nachfragten und meinten, Flavia sei doch mit Sicherheit katholisch gewesen, maß Lello nur mit einem verächtlichen Blick und fragte zurück, was Flavia wohl wichtiger gewesen wäre: die Katzen oder die Pfaffen? Damit brachte er alle Zweifler zum Verstummen, denn in der Tat war der für seine prominenten Bewohner berühmte *Cimitero acattolico di Roma* ein wahres Katzenparadies, und so konnte man sich schwerlich einen geeigneteren Ort für Flavias letzte Ruhestätte vorstellen. So kam es, dass Flavia Buonacuore, die verrückte Katzenmutter vom Testaccio, Seite an Seite mit berühmten Persönlichkeiten wie John Keats und Percy Shelley zur letzten Ruhe kam.

Als sie nach der Beerdigung alle noch zu Pasquale Balducci in die Trattoria gingen, trat Federica schüchtern auf Lello zu, der wieder seinen braunen Anzug und den Borsalino trug und ein wenig humpelte.

»Lello?«, begann sie leise. »Kann ich dich was fragen?«

Lello hob das Kinn. »*Dimmi!* Schieß los!«

Federica zögerte. Etwas lag ihr schon eine ganze Weile auf dem Herzen, doch sie wusste nicht, wie sie anfangen sollte. »Äh … es ist so … Flavia hat mich mal gefragt, ob ich mich um ihre Katzen kümmern würde, wenn sie es nicht mehr kann, und ich habe ihr nicht wirklich geantwortet, und jetzt, da sie tot ist …« Sie schluckte. »Ich hätte ihr so gerne noch gesagt, dass ich es versuchen werde …« Sie verstummte. Lello lächelte, und sein Gesicht verzog sich dabei zu einer erstaunlich liebenswürdigen

Landschaft voller Furchen und Runzeln. »Das hat sie gewusst. Sie war sich ganz sicher, du wirst tun, was du kannst, und mehr ist nicht nötig. Mach dir keine Sorgen. *Tutto bene, eh?* Alles in Ordnung.« Er ging weiter, langsam, steif vor Schmerzen, und Federica sah ihm mit einer Mischung aus Erleichterung und Verwunderung nach. Offenbar war sie nicht die Einzige, die an wundersame Fügungen, an Schicksal und geheimnisvolle Bewegungen im Universum glaubte.

Der Tag von Flavia Buonacuores Begräbnis war besonders schwül und drückend gewesen, und als die Beerdigungsgäste bei Pasquale und Rosanna eintrafen, waren sie alle durchgeschwitzt und matt wie die Fliegen. Der Himmel strahlte den ganzen Tag schon weiß vor Hitze, und es herrschte eine abwartende, fast lauernde Stille, die Gewitter versprach. Als sich die letzten Gäste verabschiedet hatten und Federica sich auf ihr Mofa setzte, um Bruno noch einen Besuch abzustatten, fegte ein heißer Wind durch die Via del Arcangelo, trieb Plastiktüten und Papierfetzen vor sich her und ließ Federicas Augen tränen. Bruno begrüßte sie unruhig, sein Schwanz zuckte, und er wollte sich nicht wie üblich noch mit Federica vor die Halle setzen. Federica sah hinaus. Der Himmel hatte sich mittlerweile bezogen. Eine bedrohliche grüngraue Wolkenwand schob sich von Osten her über die Stadt. Heute Abend würde es ganz sicher noch ein Unwetter geben. *La burrasca* kündigte sich an, das heftige Unwetter, das in jedem Jahr ungefähr zur gleichen Zeit das

Ende der großen Hitze einleitete. Federica drehte sich um und schaute ihrem Kater tief in die Augen. »Heute kommst du mit«, sagte sie in einem Ton, der keinen Widerspruch duldete. Bruno sah sie an, und als sie die schon lange nicht mehr benötigte Tasche holte und weit aufmachte, sprang er, ohne zu zögern, hinein. Auf dem Rückweg war der Wind stärker geworden, er blies Federica nun direkt ins Gesicht, und um sie herum beeilten sich die Ladenbesitzer, ihre Waren hereinzuholen und die heftig flatternden Jalousien aufzurollen. Der Sturm brach gegen neun Uhr los und kam mit einer Heftigkeit, die, obwohl jedes Jahr gleich, immer wieder aufs Neue überraschte. Die Palmen in Federicas Hinterhof bogen sich, und der Regen trommelte auf Dächer, Autos und Straßen, dass es sich anhörte wie kleine Geschosse und nicht wie Regentropfen, die da vom nachtschwarzen Himmel herunterprasselten. Immer wieder erhellten violette Blitze die weltuntergangsdunkle Wolkenwand, und der Donner ließ die Fensterscheiben erzittern. Bruno hatte sich beim ersten Blitz bereits unter Federicas Sofa verkrochen und war nicht mehr zu sehen. Federica hingegen hatte ihr Sommerbett auf dem Balkon unter das schützende Vordach geschoben und saß im Schneidersitz darauf. Mit aller Macht sog sie die feuchte, ozongetränkte Luft in ihre Lunge und hätte am liebsten geweint vor Glück. Neben ihr auf dem Nachbarbalkon saß Mimmo, der heute wegen der Beerdigung freibekommen hatte. Federica wusste, dass es ihm genauso ging. Allen, die sie kannte, ging es so. Das erste große Gewitter am Ende des

Sommers war eine Erleichterung. Man hatte zum ersten Mal nach Wochen wieder das Gefühl, frei durchatmen zu können, und Federica erinnerte sich, dass sie einmal, gleich nach ihrem Einzug, mit Mimmo vor Begeisterung auf die Straße gelaufen und durch die Pfützen gesprungen war wie früher als Kind in ihrem Dorf. Es war nicht nur ein einziges Gewitter, das sich an diesem Abend über der Stadt entlud. Von allen Seiten donnerte und blitzte es, und wäre man auf einem erhöhten Platz gestanden, hätte man in den hellen Augenblicken die Silhouetten des Petersdoms, der Engelsburg und des Kolosseums sekundenlang in einem gespenstischen Violett aufleuchten sehen. Als sich die Gewitter gegen Mitternacht langsam verzogen und nur noch das Rauschen des Regens zu hören war, schlief Federica auf ihrem Sommerbett ein. Und kurze Zeit später, als sich auch Bruno ganz sicher war, dass ihn kein Blitz mehr treffen würde, kam er aus seinem Versteck und legte sich zu Federica. Doch er schlief nicht. Mit wachen Augen und gespitzten Ohren sah er hinaus in die Regennacht, so als hörte er etwas, was nur Katzenohren vernehmen konnten.

Davide Fontanari, der das Gewitter ebenso erleichtert begrüßt hatte wie Federica, saß auf seiner Terrasse unter einem bereits durchweichten Sonnensegel und lauschte ebenfalls in die Nacht hinaus. Seine Hosenbeine waren durchnässt, und von oben begann es zu tropfen. Allmählich ließ der Regen jedoch nach. Die Kirchturmuhr von Santa Maria in Trastevere schlug drei, dann vier Mal, und

Davide Fontanari konnte sich nicht losreißen, konnte sich nicht satt atmen an der frischen, klaren Luft, die so feucht war, dass sie ein feines Netz von Wassertröpfchen auf seinem Gesicht, seiner Brille und seinen rötlichen Bartstoppeln hinterließ. Er hatte einen harten Tag hinter sich, jemand hatte giftige Köder am Katzenasyl Largo Torre Argentino ausgelegt, und er hatte den Großteil seiner Zeit damit verbracht, halb vergiftete Katzen einzuschläfern, die ansonsten jämmerlich krepiert wären. Einer der Helfer hatte ihm dabei von einer alten Katzenmutter an der Pyramide erzählt, die kürzlich gestorben war und auf deren Beerdigung mehr Menschen als bei dem pompösen Begräbnis eines kürzlich verstorbenen ehemaligen Stadtrats gewesen sein sollen. Er hatte nur flüchtig zugehört, doch bei dem Wort Pyramide war ihm eingefallen, dass diese im Testaccio lag, und er hatte sich kurz einen Gedanken an die blonde Frau mit dem Kater erlaubt. Federica …

Vielleicht war sie auch auf der Beerdigung gewesen? Wenn er davon gewusst hätte, hätte er sie womöglich dort treffen können, ganz zufällig … Er schob den Gedanken beiseite, als ihm ein weiteres leidendes Tier gebracht wurde, und kurze Zeit darauf hatte er die Katzenmutter und die Beerdigung vergessen. Jetzt, als er zuhörte, wie der Regen langsam nachließ und schließlich nur noch einzelne Tropfen von den Dachrinnen fielen, erinnerte er sich wieder daran. Und bei dem Gedanken, dass er dort womöglich Federica Mazzanti hätte begegnen können, verspürte er erneut diese starke Sehnsucht, die ihn am Flohmarkt bei ihrem Anblick gepackt hatte und die seitdem nicht schwächer geworden war, allen zerrissenen Notizzetteln zum Trotz. Er stand auf, unwillig und wütend über sich selbst, und beschloss, noch einen Spaziergang zu machen. Wenn er schon nicht schlafen konnte, wollte er diese schöne Nacht wenigstens noch ein wenig auskosten.

Federica schlief und träumte. Sie träumte von ihrem Dorf in den Bergen und davon, wie sie in klaren Sommernächten aus ihrem Fenster geschaut und die Sterne betrachtet hatte. Sie hatten gefunkelt, als ob sie ihr zuzwinkern wollten, und waren ihr so nah vorgekommen, als könne sie die Hand ausstrecken und nach ihnen greifen. Mit einem Ruck wachte sie auf. Die Kirchturmuhr von Santa Maria Liberatrice schlug vier Mal. Sterne. Noch nie hatte sie hier in der Stadt Sterne gesehen. Noch nicht einmal heute, nachdem der Regen allen Staub aus der Luft gewaschen hatte, die Wolken sich verzogen hatten und der Himmel wieder klar war, konnte man einen Stern sehen. Federica lag auf dem Rücken und starrte mit aufgerissenen Augen in die dunkle, sternlose Nacht. Sie bekam plötzlich eine so große Sehnsucht danach, endlich einmal wieder einen Stern am Himmel zu sehen, dass sie glaubte, es keine Minute länger mehr aushalten zu können. Vorsichtig, um Bruno nicht zu wecken, schälte sie sich aus ihrer dünnen Decke, doch ihre Vorsicht war umsonst. Sie hatte noch keinen Fuß auf den feuchten Boden des Balkons gesetzt, da hob Bruno schon den Kopf und sah sie verwundert an. Sie stand rasch auf und zog sich an. Plötzlich hatte sie das Gefühl, keine Zeit mehr verlieren zu dürfen. »Willst du mitkommen?«, fragte sie ihren Kater leise, während sie in ihre Sandalen schlüpfte. »Sterne gucken?« Bruno wollte, und so machte sie sich wieder einmal mit ihrer Pradatasche auf dem Mofa, auf den Weg durch die schlafende Stadt. Doch dieses Mal bog sie nicht in die Viale Trastevere ein und fuhr zur Poststelle, sondern sie überquerte die Straße und fuhr weiter, vorbei an der Piazza San Cosimato und schließlich den Gianicolo hinauf, den Hügel Roms, von dem Mimmo Batticinque behauptet hatte, man könne von dort in klaren Nächten die Sterne sehen. Sie hoffte sehr, dass Mimmo sie nicht angeschwindelt hatte, was ja durchaus manchmal vorkam. Während das Mofa durch die stille Straße nach oben knatterte, erklärte sie Bruno, was sie mit Mimmo alles anstellen würde, wenn sie heute Nacht, der wahrscheinlich klarsten Nacht des ganzen Jahres, keinen Stern zu Gesicht bekommen würde. Auf dem Aussichtspunkt des Piazzale Gianicolo angekommen parkte sie ihr Mofa, hob die Tasche mit Bruno aus dem Gepäckträger und ging mit ihr nach vorn zur steinernen Brüstung. Vor ihr lag die Stadt in ihrer ganzen unglaublichen, unwirklichen Pracht, und wer nicht wenigstens ein Mal in seinem Leben um vier Uhr morgens auf dem Gianicolo gewesen ist, kann nicht behaupten, er wüsste, wovon die Rede ist. Man könnte sogar sagen, er hat die Stadt im Grunde noch nie wirklich gesehen. Federicas Augenmerk war jedoch nicht auf die Stadt, sondern auf den Himmel gerichtet. Mimmo Batticinque hatte recht gehabt, man konnte hier tatsächlich die Sterne sehen. Federica legte den Kopf in den Nacken und betrachtete den funkelnden Nachthimmel, der bereits langsam von Osten her heller zu werden begann. Als sie nach einer ganzen Weile den Kopf wieder senkte, bemerkte sie, dass sie nicht mehr allein war. Ein junger Mann stand ein paar Meter von ihr entfernt und betrachtete sie wie eine Erscheinung. Obwohl er so unerwartet aufgetaucht war, erschrak sie merkwürdigerweise kein bisschen, sondern kniff nur die Augen zusammen und musterte ihn genauer. Er kam ihr sofort bekannt vor, und sie wusste auch gleich wieder, woher sie ihn kannte. Es war der nette, rothaarige Tierarzt, der Bruno verarztet hatte und dessen unfreundliche Sprechstundenhilfe sie am liebsten sofort rausgeworfen hätte. Fontanari hatte er geheißen. Auch daran konnte sie sich erinnern. »Ciao, Dottore Fontanari«, sagte sie schüchtern.

»Ciao!« Er kam ein paar Schritte näher, bis er neben ihr an der Brüstung stand. Sie öffnete die Pradatasche und erklärte: »Bruno ist wieder gesund geworden.«

Der junge Mann warf einen Blick auf den Kater, der wie selbstverständlich in der Tasche saß und keine Anstalten machte herauszuspringen, und lachte leise auf. »Das ist unglaublich«, sagte er. »Ganz wunderbar ist das.«

Federica musterte ihn neugierig im Licht der Straßenlaterne. Er hatte rostrote Haare, die etwas feucht und zerzaust aussahen, so als wäre er in den Regen geraten. An Kinn und Wangen sprossen dichte, ebenfalls rötliche

Bartstoppeln, und er hatte eine ganze Menge Sommersprossen in seinem schmalen Gesicht. Jetzt nahm er seine Brille ab und wischte sie etwas umständlich an seinem Hemd sauber, und Federica konnte seine Augen sehen. Sie waren von einem ruhigen, schönen Grau, sahen irgendwie verlässlich aus und gefielen ihr gut, doch was ihr noch mehr gefiel, war, dass er so unglaublich glücklich aussah, ganz so, als sei es für ihn das größte Glück der Erde, hier oben um vier Uhr morgens von ihr zu erfahren, dass der Kater überlebt hatte. Ohne es zu wollen, musste sie ebenfalls lachen und fragte dann: »Was machen Sie eigentlich hier um diese Zeit?«

Davide Fontanari konnte den Blick nicht von ihr abwenden, am liebsten hätte er sie berührt, nur um sicher zu sein, dass er nicht träumte, dass sie tatsächlich hier oben bei ihm stand, um vier Uhr morgens, neben sich eine schwarze Tasche mit einem dreibeinigen Kater darin. Er atmete tief durch, fasste sich ein Herz und sagte, ganz ohne Hilfe einer guten Fee oder eines Zauberers, endlich einmal das Richtige zum richtigen Zeitpunkt: »Ich wollte Sie wiedersehen.«

ENDE